U0931602

雅典娜的光輝無處不在，用不到思索，用不到學問，只消有詩人或藝術家的眼睛和心靈，就能辨別出雅典娜女神和事物的關係；燦爛的天色中有她，輝煌的陽光中有她，輕靈純淨的空氣中也有她。雅典人認為他們的創造力和民族精神的活躍都得力於這個輕靈的空氣……

——丹納

成“王”之道

——眾傳時代媒體人高級教程

曹宏亮 著

好書俱樂部

成“王”之道

——眾傳時代媒體人高級教程

著　　者：曹宏亮
書　　號：978-988-75309-4-7
出　　版：愛閱會有限公司
郵　　箱：lilian19899999@gmail.com

發　　行：泛華發行代理有限公司
印　　刷：e-print 公司
出版日期：2025 年 7 月第一版第一次印刷
開　　門：32 開，150mm @ 215mm
裝　　幀：平裝
頁　　數：224
定　　價：HK$ 98　NT$ 380

序
理性是金

理性是人類思想的最高境界。

迄今為止的文明，無一不源於人類理性。

世界長啥樣，宇宙咋運動？

人類咋存在，秩序哪裡來？

沒有理性，就沒有科學發現、文明法則；沒有理性，報導新聞、傳播資訊就淺陋遲鈍、小白吃瓜。

耳聞目睹、讀書學習都是一樣，沒有理性，一定人雲亦雲、良莠不分、上當受騙。

魯迅說，中國的書，特別是那些可以成聖成賢的書，字裡行間滿紙寫著“吃人”，就是清醒的理性的聲音。

“書是人類最好的朋友”,“書給人知識和智慧”“黃金屋”、“顏如玉”，都大而化之，只知其一、不知其二。

就像電影裡探尋寶藏常見的那樣，兩眼只盯著黃金翡翠裝滿箱，懵懵懂懂撞進去，不僅得不到那些金銀財寶，還可能有喪命之虞。

只有帶著理性閱讀，“讀”而不思則惘，思而不“讀”則殆，就像富有經驗的獵手接近龍潭虎穴時那樣，睜大眼睛，百倍警惕，“在批判舊世界中發現新世界”（卡爾 - 馬克思），才會淘沙見金、遇豔擁玉。

本書的結論、觀點和見解源於哲學、政治、歷史、心理、社會及新聞現象的整體思考和研究，幾十年媒體工作的經驗和見識，極大地豐富、提供了支援和依據。

任何基於學術討論的批評和質疑都是證明本書立足、存在價值的無價之寶，都是《成"王"之道》的陽光雨露。

本書兩次出版過程中，人民日報高級編輯、我們一向尊敬的顏景政老師，老一輩新聞工作者、中國國際廣播出版社的唐生德先生，老一輩出版人、陝西教育出版社原社長趙喜民先生、李寶生編輯，多年同事及好友林薇小姐、郭琳先生，新識豪傑和好友李偉國先生，都給予極大鼓勵和幫助，謹致以衷心感謝。

著 者

2025 年 6 月

目錄

神州革命，文字奇功。使無梁氏之筆，雖有百十孫、黃，豈能成功如此之速耶！

——胡適

他以精闢的見解和獨特的洞察力，對這個國家和世界的事務進行了深刻的分析，從而開闊了人們的思想境界。

——林登 · 約翰遜

第 1 章
無冕之王是怎樣煉成的

人人一部智能手機，人工智能橫空出世。

人人都是記者，人人都是傳播者，突發事件，災難性事件，過往的受眾如今成為得天獨厚的第一目擊者、傳播者，眾傳（自媒體）時代早已來臨。

人工智能描述新聞事實、疏理傳播內容，快捷、全面、周到，專業傳媒人面臨巨大挑戰。曾經叱吒風雲的報紙紛紛關張或萎縮，風靡一時的電視也成了娛樂工具，只稍帶一點資訊傳播，廣播電臺、互聯網也各領風騷、先後紅火幾十年而被取代為舊愛。

但是，專業畢竟是專業，道高一尺、魔高一丈，雖千萬人，傳媒人當中的王者仍鶴立雞群，執輿論之牛耳，砥中流之奔瀉。

1.1 眾傳時代，王者繼續領舞

為 2015 年 6 月 30 日，BBC 播發一則消息，報導當天結束的時候，時間會增加一秒。自然現象沒有增和減的問題，只有人類在認識掌握自然法則時，需要順應自然變化，將自己的發現和總結予以修正，從而服務於人們的生活。

報導摘要如下：

6 月 30 日午夜將增加“一秒”

在人們生活中的一天（30 日）午夜正點，世界標準時間計時原子鐘將增加一秒。這將是三年來首次出現閏秒。

增加“一閏秒”也就意味著，6 月份的最後一天的最後一分鐘，將有 61 秒。

閏秒，像閏年一樣，是為保證鐘錶計時與地球自轉同步而人為的調整時間。

但是，有人擔心，增加閏秒的做法可能會導致某些電腦無法應付。

計時專家對人為增加閏時的做法一直存在分歧，今年晚些時候，專家將在一次國際會議上進行辯論。

增加一閏秒，意味著今晚鐘錶在走到 23：59：59 後，不是變成 00：00：00，而是變成 23：59：60。

問題

英國國家物理實驗室的懷特博利說，因為地球的自轉速度不是均衡的，因此需要增加鎑秒的週期也是不規律的。

懷特博利說，增加閏秒的預告只能提前到 6 個月，所以電腦和軟體來不及預設閏秒，而是要人工調整。

如果出現失誤，對通訊、金融和其他需要精確計時的系統都可能造成問題。

閏秒出現的不規律導致的問題，導致部分專家提議廢除閏秒。

國際通訊聯盟仍在考慮有關建議，並將在 11 月在日內瓦的世界無線電通訊大會上討論。

2015 上半年，中國股市一路上漲，有磚家預言，上證指數 4000 點只是牛市起步。

時隔一個月，遠在倫敦的《經濟學人》發表封面長文：“飛得太高”，摘要如下：

中國股市去年已經進入牛市。滬深 300 指數去年翻了一倍還多。不過比起創業板來講還不算什麼，創業板在 12 個月裡翻了 3 倍；其中一枝獨秀的是 Qtone——一家線上教育公司，從 2014 年年中到 5 月中旬，暴漲接近 1300%。政府已經警告投資者要警惕“胡亂炒作”。

中國股市估值過高的現象已經比較普遍。在深圳交易所上市的企業中，平均市盈率已經達到 64，

中小企業為 80; 而通常市盈率高於 25 就會被認為估值偏高。創業板的市盈率更高達 140，這個高度接近當時美國互聯網泡沫時納斯達克市場上的瘋狂狀況。在香港和上海交易所上市的企業目前在大陸的交易溢價約 30%。

中國股市顯然已經飆升過高，在某個點它肯定會大跌。預言市場什麼時候見頂是傻瓜才幹的事情，但風險已經在不斷累積。最近漢能和高銀地產的股價暴跌可能意味著一些早期的跡象。大城市的房價再度升溫，這可能會引導投資者從股市重回房地產市場。即便中國政府已經警告風險，但每當市場顯示出價格修正的跡象時，就是股民失去理智的時候。

如果股市崩盤，可以肯定短期內是相當痛苦的。輕率的投資者，無論是個人或者企業，都會發現自己陷入困境。很多中國人是用借來的錢買股票的。融資融券額在去年一年已經翻了 5 倍，達到 2 萬億人民幣。再加上其他形式的債務融資，瑞士信貸估計，信貸資金購買的股票已經達到市值的 9%，是大多數發達市場平均水準的 5 倍。

股市的機制也會減弱崩盤的影響。香港股市雖然沒有漲跌幅限制，但是大陸的股市限制每天的漲跌幅度在 10%，這意味著向下修正的過程是一個漫長的螺旋式下降，而不是突然暴跌。

兩個星期以後，中國股市果然一路狂跌，震撼世界。

中國股市連續大跌，輿論又是一片哀嚎。

英倫《金融時報》發表大衛 · 皮靈的署名評論：“北京在市場上遇到對手”，摘要如下：

中國過去 90 年來克服了大小困難，但是最近幾個星期，終於遇到了難以應付的對手：市場。

當局幾乎嘗試過所有辦法制止股市下跌，就差通過法律明確規定，股市只准上升。

市場狂跌暴露了三個問題：

首先是信任危機。

其次是系統風險的問題。

一旦槓桿交易的借方無法還款，銀行等貸方也會陷入困境。

其三是改革問題。

一方面中國市場是按計劃經濟運作，另一方面對上市公司寬鬆的會計標準，卻更像一些不受約束的西方市場。

市場最後會恢復平穩。不過中國還遠不是運作完好的資本市場，真正的改革還需要等待時機……

《經濟學人》的預見，《金融時報》的剖析，不光只會打好這份工的平庸傳媒人只能羨慕、嫉妒、恨，自媒體和"路邊社"只能聞風而動，跟著當二道販子，人工智慧更整理不出它不知道的事實和觀點。

從地球村，到宇宙空間，人類面臨的探索和挑戰層出不窮，未知的領域、未知的事物、未知的信息無窮無盡。

社會生活，多種多樣，多元多由。"看不見的手"決定人們的消費、投資、就業。看得見的手決定一切規則、制度、公平、正義、道德、法治。人與人之間、群體與群體之間，國家與國家之間，知人知面不知心，知表知面不知裏。

選擇不但成為生活的隨時，而且貫穿生命的始終。

選擇又面臨利弊得失、正確錯誤、成功失敗，任何一個人都無法代替他人做出最後的判斷和選擇，任何一種聲音都不能代替有著各不相同利益的個體和群體。

人們對資訊的要求只會更多、更快、更準確、更全面，更有前瞻性、預見性，而不會只停留在表面、只知道基本事實就淺嘗輒止。

因此，眾傳時代、人工智能，淘汰的只是不合時宜的傳播手段和內容，高瞻遠矚、鞭闢入裏、洞燭先機的傳播內容和傳播人永遠只會嫌少，不會嫌多。

有道是，工具後浪推前浪，內容永遠稱大王。

內容登上“王”的寶座，無冕之王順勢而生。

1.2 史上王者，世事洞明皆文章

無冕之王的“王”，不是掌握權力的帝王，不是主宰千百萬人命運的君主，不是戴上王冠就是王，白癡、傻瓜、黃口小兒都能充數，而是洞悉未來的先知、傳播“福音”的耶穌，是以洞燭先機的真知灼見引領社會大眾、引領戴著王冠的王避凶趨吉的敲鐘人和導師，是戴著王冠的帝王都要俯首稱臣的有實無名的真王。

不但鳳毛麟角、屈指可數，而且在無數拷問和責難的蒼穹，閃爍著不朽的光芒。

梁啟超、張季鸞、李普曼、法拉奇 ......

還有只客串一把的邱吉爾、馬克思、恩格斯。

梁啓超一生從事社會活動近 40 年，創辦報刊 17 種，引領輿論 27 年。

舉凡變法與維新、君主與共和、帝制與法治、問題與主義、在華族千年變局的風風雨雨中，最準確地把握了時勢和走向，最正確地預見社會如何轉型才是康莊大道。

黃遵憲評價梁的文章“驚心動魄，一字千金，人人筆下所無，卻為人人意中所有，雖鐵石人亦應感動。從古至今，文字之力之大，無過於此者矣。

嚴復描述，“任公妙才，下筆不能自休，其自甲午以後，於報章文字，成績為多，一紙風行海內，觀聽為之一聳。”

胡適對梁啟超崇敬備至，不光“中國新民，平生宏許；神州革命，文字奇功。”而且認為“使無梁氏之筆，雖有百十孫、黃，豈能成功如此之速耶！”。

高夢旦論梁“不朽在立言，獨有千秋追介甫；自任以天下，何辭五就比阿衡”。

吳宓一言蔽之：“梁先生為中國近代政治文化史上影響最大之人物。”

梁啟超自我定位：“吾生平最慣與輿論挑戰，且不憚以今日之我與昔日之我挑戰者也。”

张季鸾与胡政之

張季鸞曾是孫中山就任臨時大總統時的《宣言》撰稿人，擔任《大公報》的總編輯，以廣為流傳的“四不”作為報導消息、評事論人的基本方針。

“不黨”就是無成見，無背景，與任何一派一黨的立場沒有關聯，只站在人民和國家的的角度發表意見。

“不賣”就是不以言論作交易，可能受知識不足和個人感情影響，決不為金錢所左右。

“不私”就是除忠於報紙固有之職務外，並無私圖。

“不盲”就是不盲從、不盲信、不盲動、不盲爭。

張先生的為文論述更加直截了當。

“九·一八”前一二年，《大公報》就連篇累牘地發表社評及專文，呼籲關注東北危機。

蔣介石政府鎮壓學生，他指出“青年血氣方剛，不論其思想為左傾為右傾，凡能如其主張敢於冒險力行者，概屬民族之精英，非投機取巧者可比，輕加殺戮，無異殘害民族之精銳，將成為國家之罪人！”

1936年12月12日西安事變發生，12月18日，張季鸞寫出社評《給西安軍界的公開信》，指出：

——東北軍的境遇，大家特別同情，因為是東北淪陷後在國內所餘惟一的軍團，也就是九一八國難以來關於東北惟一的活紀念。你們在西北很辛苦，大概都帶著家眷，從西安到蘭州之各城市都住著東北軍眷屬，而且眷屬之外，還有許多東北流亡同胞來依附你們。全國悲痛國難，你們還要加上亡家的苦痛。

——你們心裡或者還以為自己是愛國，羈禁了全軍的統帥，全世界的輿論，認定你們是禍國，是便利外患的侵略！

——你們說要求停止內戰，你們劫持蔣先生，中央下達討伐令，內戰立即因你們而起。

——西安的東北西北軍與中央軍力量對比懸殊，失敗的一方一定是張學良。

—— 唯一可取之道是趕快哭著向蔣介石求情，恢復蔣的自由，求蔣先生出來執行職務。

評論娓娓道來，冷靜中肯，入情入理，國民政府當即讓大公報館加印 40 萬份，派專機飛往西安上空散發。

幾位東北軍高級將領回憶："我們看了這篇社評，又感動又洩氣。那篇文章說得入情入理，特別把東北軍的處境與其遭遇，說得透徹極了，所以我們都受了莫大感動。但大家又說：大公報不支持我們，還有什麼話可說？我們便拿著傳單去見副司令（指國民軍副總司令張學良——本書著者注），進了房間，見副司令正在閱讀那上面的文章，他看完之後，神色也變了，立刻招集會議，討論一切。"

22 日，宋美齡到達西安，張學良放棄一切要求，表明自己的態度："自知不當"，"不要錢，不要地盤"，"個人亟願立即恢復委員長之自由"。

東北軍高級將領認為，事變的解決，"軍心渙散，將士轉向，不能不說與這篇文章有重要關係。''"

張季鸞誕辰 100 周年的時候，張學良已經 87 歲。提到這篇《給西安軍界的公開信》，還能背誦一些內容，可見當時漩渦中的張少帥有多震撼，留下的印象有多深刻。

張季鸞主持下的《大公報》，獲得 1941 年美國密蘇里大學新聞學院"最佳新聞服務獎"。 這是中國報紙空前絕後獲得這一榮耀。全世界獲得這一榮耀的報紙也就五、六家。

正因為張季鸞洞悉時局、把握時態的遠見卓識，公正客觀和不卑不亢的姿態，贏得了社會廣泛的尊敬和影響。

20 世紀初，中國學界大師如雲，不光成為輿論領袖，也深刻影響政治局勢，所有學人中，只有張氏一個，贏得國共兩黨共同的高度評價和推崇。

1941 年張氏去世，正忙於領導抗戰的蔣委員長，專程前往西安親自扶柩歸葬。蔣中正讚譽“一代論宗”，毛澤東稱頌“士林矜式”，周恩來視為“報人模範”。

20 世紀中葉最牛的傳播人、美國評論家李普曼（圖）真的比王還王。

在他的評論生涯里，歷屆美國總統都期望得到他的嘉獎和贊許。

來自他的任何批評，白宮大官人們也忙不迭地認真回應。

約翰 · 肯尼迪就任總統時，帶著顧問多次到李普曼家中求教。印度總理尼赫魯訪美時，到他家拜訪就像到白宮那樣頻繁。蘇聯政府多次邀請他採訪赫魯曉夫，他懶得理會，多年以後，才大駕光臨。

國際舞臺上的風雲人物，丘吉爾、戴高樂、納賽爾等都對他推崇備至，奉若上賓。

許多外國大使到華盛頓上任時，一方面向美國總統遞交國書，另一方面也向李普曼發出私人信件。

駐華盛頓的外國記者最重要的一條經驗就是：首先向美國政府高級官員詢問錯綜複雜的問題，然後在李普曼的專欄文章中尋求最清楚的答案。

美國國務院發言人經常問記者：“你讀過李普曼有關這

方面的言論沒有？”

毫無疑問，李普曼的鼎鼎大名都來自他的專欄文章，來自專欄文章的分析和預見。

李普曼寫於20年代的《輿論學》就主張：“一個好的新聞記者看到一座建築場危險地傾斜了，他就不必等到它倒塌在街上才認識到這是新聞”。

“一個偉大的記者應當聽到某某勳爵在詢問天氣時，就能猜得出下一屆印度總督的名字”。

1931年，他在《紐約先驅論壇報》開設的專欄《今日與明日》就明白不過的告訴人們；他，李普曼，據今日之事便能說出明日之事，今日之事對明日有何影響，到明日有何發展、會變成什麼模樣，他的專欄章裡會有答案。

李普曼主持的《今日與明日》專欄每天通過辛迪加在美國200多家報紙、拉丁美洲17家報紙、加拿大9家報紙及印度、日本等國的報紙上同時發表。

李普曼移駕《華盛頓郵報》，《今日與明日》也跟往《華盛頓郵報》。

自1931年開張至李普曼病重無力寫作，這個專欄在其存在的40年裡一直是各國情報部門、政府官員注意的重點之一，李普曼受重視之程度可見一斑。

有人說，李普曼具有一種將錯綜複雜的事情加以簡要闡明的無與倫比的能力。

法拉奇的名字與很多人類最為傑出的傳播人和學者一樣，在中國的知名度和影響力也不如其他國度，中國的新聞教育也不會將她作為大牌記者介紹、研究、學習。

但是，只要你Google法拉奇的名字，就會發現奧莉婭娜·

法拉奇（Oriana Fallaci1929-2006）的大名。

頭頂二十世紀新聞採訪女王的桂冠，頭戴‘世界第一女記者’和‘文化奇跡’的光環。

著名的《花花公子》評論，如果你不明白這世界為什麼這麼亂，法拉奇的採訪中有答案——那些自吹自擂的政客們“領導”著世界。

法拉奇

《紐約時報》評論法拉奇：“法拉奇是一個善於解剖權威的採訪者，一個善於打碎偶像卻讓自己成為偶像的記者。”

《華盛頓郵報》則將她的《風雲人物採訪記》作為“採訪藝術的輝煌樣板”。

最為巧合的是，她的最後一本著作，叫作《理性的力量》（《The Force of Reason》）。

講述理性與宗教的關係，在人類精神的最高層面論述理性，理性在法拉奇精神世界的地位已經不言百喻。

法拉奇成為傳播世界的無冕之王，理性的作用和貢獻盡在其中。

靠吃中國飯、在中國獲得巨大好處的亨利 · 基辛格把自己打扮得很神秘、很有學問，也從不單獨接受記者採訪。

但面對法拉奇，他讀了法拉奇訪問武元甲的文章，就抵禦不了接受法拉奇採訪的誘惑和刺激。

他一方面答應接受單獨採訪，一方面卻小心翼翼，要聽了法拉奇的問題，才會決定告訴她什麼，不告訴她什麼。

基辛格的小心翼翼、半推半就，充分暴露出他面對法拉

奇 的心虛氣短，底氣不足，他的深謀遠慮、洞悉世界都是裝的。

既想借法拉奇的光環增加自己的份量，又害怕招架不住法拉奇的政治直覺和智慧，猶抱琵琶，故作高深。

事後，基辛格承認，接受法拉奇的採訪是出於虛榮心，因為她已經採訪了那麼多元首，他渴望在她建造的“領袖萬神殿”里佔據一席之地。

他又後悔“一生中做的最愚蠢的事”就是接受法拉奇的採訪“，可見他沒有佔到法拉奇名聲的便宜，而嘗到了法拉奇智慧和理性的苦頭。

另一位傳奇人物鮑勃 · 伍德沃德，則以詳盡披露美國政府的所作所為，稱王傳媒界半個世紀。

1974 年，一篇揭露總統尼克鬆竊聽對手的“水門事件”報導不但讓總統下臺，讓他所在的《華盛頓郵報》與《紐約時報》一較高低，他本人自然一舉成名，成為普利策獎得主，全球聞名。

此後三四十年，伍氏的大名只要出現在《華盛頓郵報》版面，內容絕非泛泛之談，一定有非常吸引人的大料底料。

由報導深挖細淘寫成的相關書籍、一定繪聲繪色盡現白宮精英的各種姿態，是《白宮精英》、《紙牌屋》的祖宗和原始創意。

不但馬上成為一本本暢銷書，連續數周榮登美國各大暢銷書排行榜榜首，又賺得滿盆滿，腰纏萬貫。

他的《總統的戰爭》《總統班底》、《最後的日子》、《法官們》、《竊聽》、《帷幕》、《指揮官》不光美國人感興趣，全世界的讀者都一睹為快。

華萊士有個世界頂級傳媒人的爹——邁克爾 · 華萊士

（圖），有電視新聞“教父”之稱。

邁克爾 · 華萊士創辦、包辦和主持的哥倫比亞廣播公司《60 分鐘》節目，有全球電視新聞之王的名聲。

他將新聞與娛樂相融合，將資訊報導與尋根問底相統一，形成一種強大而獲利豐厚的節目範式，讓觀眾信賴喜愛，讓自己富有為王。

他從事電視新聞報導長達 40 多年，主持過 800 多個調查性報導，在全世界首屈一指。

華萊士讓他那個時代所有有點名聲的領袖都出現在自己的節目里，不管英名遠播的偉大人物，還是臭名昭著的卑鄙政客。

江澤民曾經以接受華萊士的採訪為榮，炫耀他經歷過這樣的考驗。

鄧小平在人民大會堂接受華萊士採訪的時候想吸煙，客客氣氣地問："我能抽根煙嗎？"

以往說法，都把華氏標籤成法拉奇式的辛辣、犀利、刻薄，其實，華氏仍然不過是追求真相、直指事件的本質和核心。

所有媒體人給人的總體印象都是淺薄，但沒有人敢說華萊士淺薄！

1878 年，31 歲的普立茲（圖）創辦自己的第一份報紙——《聖路易快郵報》（St.Louis Post Dispatch），開始辦報生涯。

內容方面抨擊醜惡現象，倡導社會改革，形式方面開闢不同專欄，大量使用漫畫，使文章富有趣味、文字簡潔生動、版面新穎活潑，分外吸睛。

三年間，一躍成為當地發行量最大的報紙，過了十一年，在紐約海德公園旁，建起《世界報》辦公大樓。

1890 年雙目失明，1892 年，第一次向位於紐約的哥倫比亞大學提出捐款創立新聞學院，但被婉拒。

（在當時，人們還未把新聞當成一門學問，而只是當成一種技藝。並且有許多報紙編輯嘲笑普立茲的想法。）

1911 年，在普立茲的一再要求下，哥倫比亞大學終於接收了他的捐贈及計劃，按他逝世時的遺囑，成立了哥倫比亞大學新聞學院，一年一度的普立新聞茲獎，就由這個學院主持評選。

一百多年來，這所學院在新聞學界和業界享有崇高聲望。

所以，普立茲又是新聞教育事業的創始人。

我們成為新聞傳媒專業的學生、老師，都要感謝普老先生的創意。

弗里德里希 · 恩格斯，卡爾 · 馬克思的搭檔，業餘玩玩新聞評論，就將理性的光輝發揮得前無古人，後無來者。

1848 年，匈牙利反對奧地利帝國的戰爭爆發，恩格斯正為《新萊茵報》撰稿，他根據官方的通報和各報紙的消息，“以對比和批判分析的方法，剔除一切臆測和捏造，成功地寫出了分析深刻、內容豐富的關於各種軍事行動的簡評”（《恩格斯傳》）。

在評論中，恩格斯時不時地指出已發生的軍事行動意味著什麼，是什麼原因，有哪種發展可能。緊接著發生的事情都一一證明恩格斯的判斷。

恩格斯的分析內行深入，預見準確，署以筆名，他的同時代人都以為這些評論出自匈牙利軍隊的某高級指揮官之手。

最神奇的是，恩格斯的消息來源，主要是奧地利的軍事指揮部和敵視匈牙利的報刊所散佈的虛偽欺騙和故意混淆是非的消息。

但是，“任何煙幕都不致使他上當，他不相信任何虛構的情況，他的著眼點只落腳在可靠的根據即事實上”。（李卜克內西《回憶馬克斯恩格斯》第 137 頁）。

後來，在克里木戰爭、義大利戰爭、普奧戰爭以及普法戰爭中，恩格斯應約為美國、英國等報紙寫的軍事評論同樣具有揭示事實意義、預見事態發展又被歷史發展所證明的特色。

以致馬克思也非常佩服恩格斯的軍事才能，把恩格斯所住的地方叫“曼徹斯特指揮部”，相信“如果發生什麼軍事事件，完全可以指望您（恩格斯）給予指示”。

丘吉尔

邱吉爾一出道就被《每日紀事報》聘請為隨軍記者。

隨後，又以《加爾各答先驅報》和《每日電訊報》記者的身份報導不列顛在印度北部的軍事行動。報導結束，又將採訪得來的所有材料彙集一起，寫出並出版首部著作《馬拉坎德野戰軍紀實》。

1899 年，邱吉爾作為《晨郵報》隨軍記者前往南非，採訪第二次布爾戰爭，出版兩本有關布爾戰爭的紀實《倫敦至萊迪史密斯，途經普勒多利亞之旅》、《伊恩 · 哈密爾頓的行軍》。

第一次世界大戰之後，全世界都躺在《凡爾賽條約》的溫柔鄉里做和平主義美夢，唯有邱吉爾一再烏鴉嘴，不斷主張英、法不要裁軍、重整軍備，反對出賣捷克斯洛伐克，綏靖希特勒。

“我們面臨著最為嚴峻的考驗。我們面臨著是漫長的鬥爭與苦難。我們要與人類黑暗和嘆為觀止的罪行史上從未有過的駭人暴虐政權的作戰，我們要不惜一切代價去爭取勝利，無論多麼恐怖也要爭取勝利，無論道路多麼遙遠艱難，也要爭取勝利。

“我們將戰鬥到底。我們將在法國作戰，我們將在海洋中作戰，我們將以越來越大的信心和越來越強的力量在空中作戰，我們將不惜一切代價 ...... 直到新世界在上帝認為適當的時候，拿出它所有一切的力量來拯救和解放這個舊世界。“

“受命於危難之際”，丘吉爾義無反顧高舉戰爭大旗，“拯救人類文明”，在軍備不足、實力懸殊的處境下領導不列顛，迎戰希特勒，堅拒希特勒與英國聯手瓜分世界的“美好願景”，說服羅斯福以“租借”的方式繼續提供軍援，領導美帝充當“民主國家的兵工廠。”

二戰結束，下臺後的邱吉爾又是第一個烏鴉嘴，早在1946年就在美國國會警告全世界，“從波羅的海邊的什切青到亞得里亞海的里雅斯特，一副橫貫歐洲大陸的鐵幕已經降臨。”

《第二次世界大戰回憶錄》，以其記者的翔實生動，獲得諾貝爾文學獎。

其專著《英語民族史》，更是一部總結盎格魯 - 撒克遜民族處理公共事務智慧和價值觀的集大成，媲美湯因比的《歷史研究》。

邱吉爾眾人皆醉他獨醒貫穿一生，表現在他的記者生涯、他的著作、他的主政、在野時期，為人類文明史上最牛的吹哨人。

這些巨擘，沒有以槍杆子為後盾搶佔公共權力，也沒有選民投票授權管理公眾事務，只是以其發現、創辦、傳播的資訊，為人類提供了真實、正確、富於遠見的信息，有力地影響了公共事務、社會公眾和世界，作出了獨特而巨大的貢獻，出類拔萃，成為王者。

1.3 為王之道，眾人皆醉他獨醒

王者的經驗是最好的指引，王者的成功是最好的榜樣。

總結王者的登頂之道，一個共同支點呼之欲出：觀察力、判斷力、洞見力，歸納起來，就是真知灼見、遠見卓識。

“追求真相”、“追求真理”，“直指事件核心”，“不淺薄”……這些評價的根由和特徵概括起來，都是遠見和卓識。

梁啟超辦報為文的四大原則：一是“宗旨定而高”，二是“ “思想新而正”、三是“材料富而正”、四是“報導確而速” 。

要求傳播人報導輿論，用“常識”判斷，用“真誠”追求、用“直道”把握、用” 公心“衡量、用”節制“自律。

這些原則和方法，自始至終貫穿著理性思維和理性思辨。

比如“思想新而正”、“材料富而正”，這個“正”都包含著理性的成份和元素。

“立言紀事，務須忠勇，忠者忠於主張之謂，此項主張自非偏見，事前務宜經過深思熟慮，多聽他人意見，多考察各項事實；勇者系勇於發表，勇於發表必須『準備失敗』。”

與梁啟超一樣，張季鸞的這些主張同樣也貫穿著清醒的理性的聲音。

他本人的為文之道、立身之道則比梁啟超更理性、更超然、更徹底。

他的特殊成就來源於兩個方面：他頭腦清醒，使他能置身於鬥爭的迷霧之中，抓住形勢的本質。他的文筆清晰明快，富有文學色彩。

美國大名鼎鼎的出版家西蒙 · 舒斯特認為“沒人像伍德沃德那樣管道通天、分析透徹和經驗豐富。”

“分析透徹”是指能從各種材料中挖掘出最核心最關鍵的聯繫和意義，而“經驗豐富”無疑認為伍氏有一隻報導政治新聞的好頭腦，一套收集材料的硬功夫，一身準確生動的嫻熟表達技巧。

埃德加 · 斯諾自己說：“就我個人來說，我生在密蘇理，是一個土生土長的懷疑論者，東方多年的記者生涯又進一步把我訓練成一個懷疑論者 ......。

懷疑是思考的第一道靈光，是智慧的引路神。

“不疑處有疑”，胡適之的金句，道出思考的終南捷徑，人類最容易被偽裝成天使的魔鬼引誘。

亞當夏娃不聽上帝話，偷吃上帝的智慧果，從其他動物中脫穎而出，造愛愛、穿樹葉，創造人類新世界。

福爾摩斯神探，就是一切從懷疑開始，理解，辨識，證偽，證明，假設，分析，綜合，想像，選擇，表達，曲徑通幽，柳暗花明。

馬克思嘲笑普魯士政府：“天才的謙遜……是要使事物本身突出。精神的普遍謙遜就是理性，即思想的普遍獨立性。這種獨立性按照事物本質的要求去對待各種事物“（《馬克斯恩格斯全集》第1卷第8頁）。

馬克思更加著名的論斷，“愚昧的凡俗世界只需要張開嘴來接受絕對科學的烤松雞就得了”，而“新思潮的優點就恰恰在於我們不想教條式地預料未來，而只希望在批判舊世界中發現新世界”。

恩格斯本身就是哲學家、政治學家、經濟學家、歷史學家，閑來無事，客串新聞評論，根本就是殺雞用牛刀。

“料事如神，隨機應變，通觀全局，明察秋毫，沉著冷靜，當機立斷”。

李普曼的出現，把專業傳媒人指點江山、激揚文字、報導世界、解釋世界、洞悉世界的作用和定位推向珠穆朗瑪峰。

李普曼

李普曼以後，自美國而世界，理性即成為新聞中不可缺少的精神和品質。美國新聞界的最高榮譽——普利集新聞獎，就多次授與以理性精神寫出前瞻性、獨到性的新聞作品的記者。

新聞教科書中都有專門章節敘述、介紹這類新聞的特性和寫作技巧。

即使寫一般新聞，也有這樣的告誡：“將事態可能的發展趨勢作導語”更能引起讀者注意，乃至好的新聞報導。

1988年下半年，美國最大的三家週刊《時代》，《新聞週刊》

和《美國新聞與世界報導》的負責人不約而同，認為理性新聞、分析性報導才是傳播世界、報導世界的葵花寶典。

《時代》週刊總編輯亨利 · 馬勒說，“把大部分注意力放在對每周的新聞加以評論和分析這種傳統優勢，來維持它作為這一行業的主導地位。”

《新聞週刊》總編輯理查 · M · 史密斯說：“能作到分析深刻、想像力清晰，說明你掌握了大量的報導材料。”

《美國新聞與世界報導》主編大衛 · R · 格根說：“現在新聞瀑布般地向人襲來，我們主要是對一周的事件進行評論與分析，給人以啟迪，而不是一味獵取最新消息。”

林登 · 詹森說，李普曼以精闢的見解和獨特的洞察力，對這個國家和世界的事務進行了深刻的分析，從而開闊了人們的思想境界。

希羅多德的《歷史》說得清清楚楚，“金字塔是奴隸建造的。”

鐘錶匠布克僅僅是、完全是，依據自身經驗，大腦靈光閃現，奴隸身心遭受禁錮壓迫，精神無法高度集中，造不出精美的金字塔。

鍾錶匠的所有能動，就是放大自己的感受，推己及人。

推己及人，由此及彼，由表及里，從紛紜複雜的事物中找出內在聯繫和矛盾，發現規律、定律和真理，正是邏輯的力量、邏輯的用武之地。

亞里士多德將邏輯總結為世界的原本秩序和構架、提煉為思維運動的基本規則。

國學大師章士釗概括精當，“尋邏輯之名，起於歐洲，而邏輯之理，存乎天壤。”

邏輯里的歸納推理、演繹推理，又是最常見的思考工具，是分析、綜合必不可少的神器。

每隻狗都會咬人，每隻貓都會捉耗子，狗、貓的習性因此歸納推理而出。

一艘船從海邊、天邊駛來，桅杆先出現在岸邊人的視野，然後才是船身和船的全部。

高處先出現，低處后出現，說明船由低到高航行，大海不是平面，而是凸面，大海是凸面，大海所處的地球一定是圓的。

演繹推理將肉眼看到的微觀與看不到的中觀、宏觀世界關聯一起，演繹出浩瀚無垠的物理空間、物理距離及其相互關聯。

數學、物理、化學、生物，都是宇宙萬物秩序、構架的解析和摹写，任何一個生物、元素、物質、公理和公式不符合邏輯規則，立即淪為假結論、偽命題、錯結果，既沒有存在的價值，也沒有立足的餘地。

邏輯因此也成為洞悉社會變遷、風雲變幻的照妖鏡、望遠鏡，成為無冕之王的安身立命之本。

我卻力主我們的問題是要發現一種更好的和更大膽的理論，更有價值的是批判選擇，而不是信仰。

——卡爾·波普爾

新聞記者像站在船頭上的瞭望者，他絕不能只注意目前的表像，而是要洞察氣侯變化，預測航行安危。

——沃爾特·李普曼

第 2 章
理性在新聞中

首先糾正一個流行說法，理性是概念，不是詞。在語言學裏，詞和概念表達同一個意思。古漢語沒有概念意義上的詞，只有字。

西風東漸，現代漢語把古漢語裏意思相同、相近的兩個單字，組成雙音節的詞、或概念：如，社會、政治、經濟、戀愛、愛情，等等。從哲學認識、科學方法的角度，概念是事物的抽象和定義，是事物本身的概括和描述，是認識事物的出發點和立足點。例如，量子，化合，價值，感情，理性，等。

有些事物可以用多個詞語來表達、來解釋，但認識事物、科學研究形成的概念，只有用概念本身表達，才最精確、最精准。比方，智慧就是智慧，用智慧這個概念以外的任何詞表達，都詞不達義。而愛情這個概念，可以用很多很多詞語、詩詞，甚至用音樂、美術語言來表達。

比方，以心相許，一見鍾情，相見恨晚，梁祝、羅密歐與茱麗葉。

愛因斯坦表達廣義相對論，基本概念就是數學語言：E=MC 平方，通俗解釋，就是當你坐在火爐上的時候，一分鐘比一小時還長，當你跟情人在一起的時候，一小時比一分鐘還要短。

所以，學術研究和探討，撰寫檔案和論文，使用的是概念，不是詞！

寫情書、寫文學、藝術作品的時候，用的是詞，而且要多多修辭，而不用概念。

2.1 理性新聞的要義

理性是哲學概念，理性新聞是新聞學中的全新概念。

以思維方式和層次為基準，新聞依次有感性新聞、感情新聞、經驗新聞和知性新聞，最後、最高級的新聞是理性新聞。

理性是人類認識能力的最高級階段，古希臘神話中的雅典娜女神即為智慧之神，理性之神。

在古希臘人看來，“雅典娜的光輝無處不在，用不到思索，用不到學問，只消有詩人或藝術家的眼睛和心靈，就能辨別出雅典娜女神和事物的關係；燦爛的天色中有她，輝煌的陽光中有她，輕靈純淨的空氣中也有她。雅典人認為他們的創造力和民族精神的活躍都得力於這個輕靈的空氣……”

18 世紀法國啟蒙主義者則把理性作為最可靠的判斷事物的方法，任何外界的權威都必須臣服於理性。

在理性面前，不論何種權威，宗教、自然觀、社會、國家制度，一切都必須重新接受審判。

他們主張建立理性的國家、理性的社會，主張無情地剷除一切和理性相矛盾的東西。

理性成為衡量事物曲直的唯一尺度。

當然，他們所說的理性中摻雜著合乎自然和合乎人性的成份，但他們高揚人的理性、人的獨立思考判斷的精神，不僅在歷史上推翻神作為人的最高主宰起了重大作用，而且為後來確立人作為個體的獨立存在，提供了理論依據和精神武器。

卡爾 · 馬克思指出，整個近代文明都是在法國啟蒙主義思想的光輝照耀下前進的。

正是在這個意義上，作為一種思維方式，理性是迄今為止人類文明的最高成就。

理性的涵義，在德國古典哲學集大成者黑格爾看來，是具體的、辯證的思維，是認識的高級階段。

《簡明大不列顛百科全書》解釋理性即 reason，哲學中進行邏輯推理的能力和過程，嚴格地說，理性是與感性、知覺、情感和欲望相對的能力（經驗主義者否認它的存在），憑著這種能力，基本的真理被客觀地把握。這些基本的真理是全部派生的事實的原因或“根據”。

在科學中，理性有別於信仰，它是以發現的方式，或者以解釋的方式來對待宗教真理的人類理智。

《蘇聯大百科全書》認為知性是運用現成知識的能力，理性則在創造新的知識。

美國傑出心理學家 W · 詹姆斯把理性看作推理思考過程，他說，理性是"一種叫推理的特定思考過程"。

W• 詹姆斯的哲學、心理學成就非凡

認識論表明，理性是在感性對事物認識的基礎上獲得材料，運用抽象和概括、分析與綜合的思維方法對這些材料進行歸納整理，從而抽象出事物的運動規律，瞭解事物運動的過程、相互之間的聯繫、矛盾，進而更深刻、更正確、更全面地瞭解事物。

由於理性認識從感性認識發展而來，又始於感性認識，運用了全面分析和綜合的高級思維運動，因而理性比感性更加可靠。

當代科學哲學家卡爾 · 波普爾說：理性"即我們的主觀精神、批判和自我批判的思維方法的實踐以及相應的素質。"（卡爾 · 波普爾《科學知識進化論》第 351 頁）

綜合上述解釋，理性涵納的意思計有：

①理性是具體的、辯證的思維。

②理性是推理的思考過程。

③理性是一種發現或分析。

④理性是人的理智。

⑤理性創造新的知識。

⑥理性是高級思維運動。

⑦理性是批判和自我批判的。

⑧理性是一種精神和素質。

所以,理性不但屬於哲學範疇,又是認識真理的最好方法。

新聞作為人類社會交流、溝通、傳播資訊的手段,作為人類感覺器官的延長,處於前認識階段,多與變動著的事實打交道,而不擔負認識真理的職能。

但是,理性以其鮮明的特點和哲學的本性昭示我們,在新聞傳播中運用理性思維如同在所有學科、所有領域中運用理性思維一樣具有普遍性,理性辯證、推理、發現或分析對傳播新聞有著方法論上的意義。

將理性貫穿於新聞發現和傳播中,就有了一個全新的範疇:理性新聞。

就是說,理性新聞是融入傳媒人理性的新聞,新聞中所表現的發現、結論或觀點是理性思維的產物,帶著濃郁的理性色彩。

這一範疇的內涵是:運用客觀分析的思維方式,獨立地觀察事實,發現聯繫,揭示影響、可能和發展趨勢。

內涵有三。

一、分析的思維方法——理性新聞的核心和精髓。

分析者,對某個事物、現象、概念進行分解、並找出分解各部分的性質及其聯繫,乃人類思維最高級的方法。

馬克思的搭檔恩格斯指出:“思維既把相互聯繫的要素聯合為一個統一體,同樣,也把意識的對象分解為它們的要素。沒有分析就沒有綜合”。(恩格斯《反杜林論》人民出版社第 39 頁)

分析正是與綜合相輔相成的思維方式，二者相互依存、相互滲透，相互作用。

分析是思維將整體分解為部分，綜合是思維將各部分乃至各不相干的事物聯繫在一起，分析至綜合，綜合到分析的過程正是發現聯繫，將事物按它們的共性重新分類、組合的過程。有分析必然有綜合。同樣，分析離開了推理又寸步難行。

要分析一個事物內在的特性或其與外在的聯繫，斷定該事物是什麼或不是什麼，內部有何種因素或無何種因素，與其它事物有這種關係或沒有這種關係，所面臨的正是已知的，而所要斷定的正是未知的。

所以，沒有推理，分析就無法由此及彼，由表及裡、由總到分、由分到總。

分析的思維方式又含納著綜合和推理。

即從從已知的一個或幾個判斷中推出一個新的判斷。

這樣一種思維方式，不同於被動的鏡子式的"反映"事實，也不同於馬後炮式的、跟在現成的事實後面"解釋"事實，而是具有主動的、瞻前性的發現事實背後的聯繫或更深一層聯繫及事實的思維能力。

如果說知性新聞的核心是"解釋"事實，感性新聞的核心是"反映"事實，則理性新聞的核心就是分析事實。

分析不光滲透於整個發現事實、認識事實的過程，也以其成果存在於在新聞中。

正是在這一意義上，理性新聞也可以稱為分析性新聞。

二、獨立地觀察事實，發現聯繫——理性新聞的個性和本質。

傳統的新聞定義這樣表述：新聞是新近發生的事實的報

導。

包括感性新聞、知性新聞都只把有價值報導的事實作為報導對象，判斷、認為事實能否被報導，是否有新聞價值，新聞中呈現的只是事實本身的資訊。

理性新聞與之不同，理性新聞的著力點放在所報導事實內在外在的彼此聯繫裡。

即新聞事實背後、新聞事實與其它事實之間是否隱藏著、存在著某種有新聞價值的、可以報導的聯繫，新聞事實只是其中之一部分或要素。只有把所報導的事實和聯繫共同（且以聯繫為核心）報導出來的新聞才是理性新聞。

理性思維的過程是以事物本身的聯繫為基礎，以事實本身的邏輯為依據，以思維規則——形式邏輯——為軌道，而不是以超出事物以外的任何迷信、權威為前提，以經驗、感情為依託，以功利的、倫理的觀念為出發點。

理性又是以發現的方式或探究的方式對待事物的個人的理智，是人類自己創造自己的上帝為自己所知所信。

故此，理性思維一定是獨立的，人云亦云的思維一定不是理性思維。

理性只承認個體已經認識到了的事物，而不承認個體認識不到的事物，與諸多個體共同遵從別人的創造並用同一態度對待之的信仰不同。

理性在報導新聞的過程中也就是對新聞事實有何種聯繫、這種聯繫有無價值傳達給讀者作出判斷。

理性新聞又一定是獨到地傳播個體或群體的見識和見解，理性新聞中的觀察事實、發現聯繫也一定是獨立的、至高無上的。

任何屈從、受制於個體分析以外的因素都會影響結論、判斷和見解的準確性、客觀性。

所以，理性新聞是以吃透新聞同事件本身的聯繫及這種聯繫與讀者之需要程度為第一要意義，與宣傳和教育有本質的不同，與“吃透兩頭”（上頭精神、下頭情況）也有方法上的不同。

三、揭示事物的意義，影響及發展可能是理性新聞的任務。

理性新聞之所以深受公眾賞識、歡迎，就是因為它具有揭示事態發展、影響和意義的能力，能使公眾既知道眼前所發生前的事實，又知道未來可能發生的情況。

人與動物不同。動物只受本能的驅使覓食、求歡，滿足眼前各種願望，而人必須考慮未來，必須設計未來，為未來的目標而努力。

因此，對於人類來說，瞭解未來比瞭解現在更有意義、更有價值。

“早知三日事，富貴一千年”，可見預知和先知的重要。

西方的聖人都具有先知先覺的能力，更凸預知和先知崇高的地位。

理性新聞將著眼點放在未來事態的發展上，就是滿足了人類社會這一高層次的需要。

例如，銀行宣佈提高存款利率，本身只是金融措施。如果新聞只是簡單報導這一消息，人們從中得到的資訊極其有限。

如果對金融和經濟極其瞭解，具有深厚的經濟學基礎，就銀行利率的變化，結合經濟運行狀況，分析提高利率對通貨膨脹的影響，對股票市場的影響，對資金市場、銀行信貸等方面的影響，人們存款實際收入會降低還是會提高，等等。

這篇報導不光信息量極大，又提供了幾乎每個人都關心的資訊，揭示了經濟趨勢和走向。受公眾歡迎的程度一定大增，遠遠超過只簡單報導提高存款利率事件本身的新聞。

問題在於，所報導事實的意義、影響通常都不會與事實一同出現，而是隱藏在事實之中及其與其他事實之間。

這些影響、意義，可能是已出現的，也可能是要出現的，可能是隱性的，也可能是若隱若現的。這都要通過分析、推理來揭示。

這樣，所要報導的事實完全成了材料、證明、分析物件，而由它們之中分析和推理出來的聯繫、意義、影響、發展可能才是理性新聞的主體。

所以，理性新聞實際上是分析性新聞，分析性新聞實質上是理性新聞，稱理性新聞乃思維深度作其依據，叫分析性新聞乃思維方法作其依據，二者互為表裡，所指同一。

下面就是一篇分析性新聞或者理性新聞，摘要如下：

厭學情緒滋長“讀書無用”論調抬頭

教育方法陳舊“讀無用書”怨聲可聞

“讀書無用”的情緒正在各地滋生，與此同時，人們對現行教材、教育方法太陳舊造成“無用的讀書”提出了批評。這是記者在跨越9省、市城鄉就教育問題採訪中獲得的資訊。

青島市嶗山風景區，湧滿了賣貝殼工藝品的小姑娘，她們輟學經商，以每天收入10元、20元為極大的滿足。

藏書量為800多萬冊的上海市圖書館讀者銳減，閱覽室的冷清同前幾年座無虛席形成鮮明對照。花苦力氣讀書並不能獲得相應經濟效益，誰還讀呢？圖書館工作人員這樣說。

在南方沿海經濟區"童商"屢見不鮮，竟然出現了一批賣服裝的"童商明星"，他們本應系紅領巾的脖子上都掛著一根皮尺。

"實惠風"吹進了人們的思想，農村的失學率和城市的厭學情緒都在增長。上海市 59 中的教師告訴記者：一些沒考上大學、賣冰棒發了財的學生騎著摩托車到學校兜風："讀書有什麼用！賣冰棒不用數理化，比教授掙得還多！"這比學校 10 節政治課的威力還大。

……

這些例子，從一個個側面告誡我們，我們的教育的確應該改革了！

當時是 1988 年，這則報導發表前一月左右，有關當局發表備忘錄，指出"教育戰線形勢一片大好，教育改革取得了令人矚目的成就"，十一年來培養了多少大學生、研究生云云。

官方教育成就"巨大輝煌"，社會已經"讀書無用"、"讀無用書"。兩種截然相反的現象並存，說明教育在官民兩邊的感受完全不同，教育已經潛伏很大的危機。

然而，"讀書無用"、"讀無用書"畢竟是一種社會現象，而不是一種能抓得住的事實。

就算身在其中的人深有感受，學生們在此前的公開信中也描述得很充分。但這種現象並不像火車相撞那樣具體可觀，也不像先進單位那樣有具體工作措施，有取得成績的數字證明。

對於以事實說話為本性的新聞報導來說，得出這種結論、揭露這種矛盾不但有難度，而且有政治上的危險性。

按照中國新聞媒介的地位與功能、傳統與經驗，這種消極現象縱使人人可見，領導人和有關單位不承認，它們永遠是“支流”，是不能發佈的資訊。

官宣中形勢大好，媒體通常就要隨之起舞，“正面報導”某某人、某某單位讀書多麼有用，讀的是有用的書等等。先進典型和先進事蹟會連篇累牘。

“讀書無用”與“讀無用書”兩個互為因果的現象出現在錄媒體，無疑登高一呼，震聾發聵，發出了清醒的理性的聲音，表達出傳播人、新聞人獨立的觀察和思考。

同樣顯而易見的是，這則報導中的事實乍看起來都是互不相干的，與讀書無用有用似乎不搭界。

例如兒童經商、圖書館裡的讀者銳減、青年人出錢請人寫匯款單、農民抱怨書本知識無用等。

可是，恰恰是這些看上去互無聯繫的事實和個別事件，揭示了這些事實間的邏輯關係和反映的社會現象，挖掘出了事實背後的深層問題和危機。

而這個問題和危機不但完全真實，而且無可辯駁。

這樣的新聞，與感性新聞、感情新聞、經驗新聞和知性新聞完全不同，內含重大社會問題和警示。

再如《中國青年報》1988年7月1日的《“西部牛仔”跳槽透視》，一針見血指出：

“跳槽”，按傳統觀念是不安心工作的表現，不管你“跳”的理由是社會造成的，還是制度造成的，抑或是個人方面的。

對“跳槽”現象作客觀報導，繼而分析“跳槽”的背景，指出“跳槽”的社會因素。通過分析跳槽效果，又指出了“跳”

的必然性。

無論就報導反映的內容來看，還是其寫作方式、思維方式都是理性的、分析的，是典型的理性新聞。

正如列維一布留爾在《原始思維》一書中所指出的："假定在某個社會中，思維連同制度一起進化了，假定這些前關聯削弱了，不再具有擺脫不了的性質，則人與物之間的另一些關係將被感知，表像將具有一般的和抽象的概念的形式。"（《原始思維》第 445 頁）

從紛紜複雜的大千世界中發現社會大眾需要知道的各種新聞和資訊。從人們視而不見的事實、事件和社會現象中，發現最接近真相的資訊，判斷可能出現的後果和方向。正是傳播人的思維已經躍過直觀的、表面的、非此即彼的前邏輯階段，深入社會現象背後的相互聯繫、因果鏈條、深層土壤，總結、歸納、推理出社會大眾見所未見、聞所未聞的問題、危機、希望、對策……

因此，新聞中有無理性並不是以其表現形式來區分的，而是以內容來劃分的。內容是理性的，用任何能表現這個內容的形式都是合適的。

2.2 理性新聞的特質

認識某種事物就像認識某個人，知道其姓名僅僅是開始和第一步。

要深入瞭解、把握，與其相處、打交道，進而使用、合作，就要瞭解其經歷、性格、品質、能力、專長等方方面面。

我們已經初識理性新聞真面目，見識過理性新聞的神奇和風采。

上一節又確定了理性新聞的概念及其內涵和外延，界定了其本質和個性特徵。

本部分將在上一部分的基礎上考察理性新聞的能力、專長、以及與其他新聞的區別。

以期在討論如何將理性融入新聞之前對它有一個透徹的瞭解。

理性新聞的內在規定性表明，理性新聞的本質是分析的，報導的是新聞事實內部與外部的聯繫。

理性的精神又是批判的、發現的，故而理性新聞是以理性思維的特性和新聞的社會特性邏輯地交匯構成其特性。

其特性依次是獨到性、預見性、深刻性。

——獨到性。

獨到性之為理性新聞的第一特性，為理性新聞的思維層次所決定。

因為理性新聞是以記者對事實、問題、現象的分析為基點的，沒有分析就沒有這種新聞的產生。

因而，理性新聞不像感性新聞、感情新聞、經驗新聞、知性新聞那樣，僅僅告訴人們一件事，或解釋一件事，或宣傳一件事，理性新聞必須發現人們所沒有發現的，報導人們所沒有報導的，發掘隱隱約約存在的或潛存的事實、態勢、現象以表明其之所以為理性新聞。

所以，融入理性的新聞，內容一定獨到而別出心裁。

如，《上海：另一個時代的大都市》，摘要如下：

【法新社上海 6 月 18 日法文電】

觀察家認為，中國最大城市，很快就要成為世界最大城市的上海正為一些可能引起社會爆炸的弊病而感到苦惱，這些弊病將會影響到這個城市所起的沿海發展的骨幹的作用。

從去年年底開始，報界發起了一場運動，無情地披露了上海這個以聳立在揚子江支流黃埔江江邊的沿江馬路上的高大建築為象徵的，至今享有中國模範城市聲譽的大城市的陰暗面。

人們突然發現，這個半殖民地時期的核心，後來被對“東方的巴黎”的稱呼抱有反感的政權系統地改造成了大工業中心的擁有 1250 萬人口的大都市，正在失去它的發展勢頭。

這個集中了全國各大鋼鐵工廠和紡織廠的模範城市正在接受從 80 年代初就已經制訂的改革政策的考驗。

……

從美學觀點來說，在上海植有法國梧桐的狹窄街道兩旁建造的帶有歐洲風格的住房很可能要比北京大街上的質樸的分寓式建築強。但不要忘了，對上海人來說交通已越來越成為一個令人頭痛的難題。

……

電話——其運行情況難以讓人忍受——和住房——每人不足 5 平方米，是中國擁擠程度的最高記錄——構成了另外的災難，此外，還要加上今年來在全國屬最嚴重的食品價格的上漲。

……

這則報導的背景是中央政府宣佈把沿海地區作為競爭的經濟大循環區域推進改革。

上海作為中國最大的城市面臨的潛在的社會問題和弊病，交通堵塞、住房擁擠、垃圾圍城、公共衛生。

往後人們親身感受到的生活狀況，這則報導全都提及並預見了。

不僅給關心上海、對上海有興趣的讀者提供了一則上海未來生活的真實圖景，又為身在其中的上海人和上海當局提供了解決問題的方向、攻克困難的目標。

又給其他生意人提供了對上海投資、到上海發展事業的準確生態圖。

只有理性新聞才具有這種獨到性。

這裡所說的獨到性包括獨到的見解、獨到的思路、獨到的現象和事實。

獨到的見解，即報導相對於所報導的事實提供了一些新的、與新聞事實截然不同的資訊。

這些資訊可能有意無意被忽視了，或者超出了一般人所感覺到的新聞事實的意義及其對周圍事物的影響。

如前面提到的《人大代表剪影》的報導，其獨到之處就在於對代表的素描不是停留在他們做了些什麼，說了些什麼，或有什麼主張，持什麼態度，而是透過這些代表們的出身、經歷揭示了人民代表的素質，這才是表現記者理性認識穿透力之所在，也是理性新聞價值之所在。

德國詩人、思想家歌德指出："獨到性的一個最好標誌就在於選擇題材之後，能把它加以發揮，從而使大家承認壓根兒想不到會在這個題材裡發現那麼多東西"。（《歌德的格言和感想集》第 76 頁）

用歌德這句話中的精義說明理性新聞的獨到性，則獨到性的一個最好標誌就在於，面對新聞事實，能把它加以發揮，從而使大家承認壓根兒想不到會在這麼個事實裡發現那麼多資訊。

這就是理性新聞的獨到性。

獨到的思路，即是指報導在報導某個問題、某種事態時，發現並指出了常人沒有想到或沒有注意到的思考角度和分析事物的方式。

每個人觀察的角度不同，思想深度和思維方式不同，獨到的思路和結果自然不同。

例如，1984 年 5 月 8 日，蘇聯宣佈抵制 23 屆奧運會，華約集團主要國家紛紛回應。許多文章、評論、分析都把蘇聯的這一舉動與美國總統競選連任聯繫起來，認為蘇聯此舉意在給雷根的競選連任製造麻煩。

因為雷根對蘇聯的強硬政策讓蘇聯惱羞成怒，蘇聯人不希望雷根繼續執政，所以在雷根競選拉開序幕的時候，使出這招試圖對雷根的競選施加影響。

只有美國《基督教科學箴言報》專欄作家獨樹一幟大背景大思路。

文章提醒人們，美國發起的對 1980 年莫斯科奧運會的抵制，並未得到所有歐洲盟國的回應。北約不理美國主張自行參加的國家，多於跟隨美國抵制不參加的國家。甚至連"追隨"華盛頓的波多黎各也派去了一個拳擊隊。

相比之下，這一次，大部分華約國家都聞風而動，連"猶抱琵琶半遮面"、自稱不結盟的古巴也再露真形。

這樣一個對比，徹底點破資本主義集團與共產主義集團對壘中的一個重大區別：兩大陣營的老大哥跟各自盟國的關係截然不同。

在北約這個“盟邦”裡，不論國家大小，都有自由意志，自由自由，都能自行其事。但在華約這個“兄弟”國家裡，小兄弟必須服從、聽從最有力量的老大哥的指揮棒。

再如人民日報報導《一人沉浮千夫評說》。

這是一九八零年代轟動一時的事件，改革先鋒、風雲人物步鑫生突然落馬。

消息傳出，記者采寫了社會大眾的反應和看法。

報導沒有探索、解釋步鑫生落馬的原因，只是報導各種人物對此事的議論，包括讓步鑫生發表自己的感受。

這就為整個報導的獨到奠定了基礎。

來自各方面的議論，獨到的見解比比皆是，只需理性冷靜地發現記錄而已。

報導不但受到新聞界同仁讚賞，更受到公眾極大好評。

獨到的事實和現象通常容易發現，事實和現象之間及其背後的聯繫，只有獨到的分析和理性才能夠揭示。

1984 年，美國總統雷根向美籍波蘭人發表講話，宣稱要建立“自由的東歐”。

東歐是社會主義華約成員國，屬於蘇聯勢力範圍，雷根要真地把自己的言論付諸行動，等於跟蘇聯叫板，要改變世界政治格局。

傳播輿論界所有牛人，都以為雷根口無遮攔，說大話嘩眾取寵。

後來的事實證明，不光“自由的東歐”完全獲得了自由，東歐的老大哥蘇聯都轟然解體，成了歷史。

全世界的傳播人、新聞人都在這一歷史巨變中成了瞎子、聾子和無所作為的看客。

事實上，獨到的事實和獨到的思路是互為補充、相得益彰的。

沒有獨到的事實，完全可以寫出有獨到見解的理性新聞，有了獨到的事實，更應該有獨到思路，寫出有獨到見解的報導，製作出有獨到見解的節目。

有了獨到的事實和現象，也從中發現不了獨到的聯繫和見解，一定是理性思維停擺，大腦停止運轉。

——預見性

預見性是理性新聞的靈魂。

理性新聞的權威性、理性新聞與感性新聞、感情新聞、經驗新聞和知性新聞在時空上的區別都在於此。

因為其他各種新聞都是以新聞事實為基線“向後看”，或者報導新聞事實是什麼 (What)，或介紹新聞事實、宣傳新聞事實有多少指導和學習價值 (Example)，或解釋新聞事實為什麼這樣 (Why)。

只有理性新聞是以新聞事實為基線“向前看”。

報導新聞事實會怎樣 (How to be)，包括新聞事實本身的意義、發展態勢、對其它事物可能的影響，等等。

預見性是理性新聞最有價值的存在，沒有預見性一定不是最有價值的理性新聞。

新聞事實有大有小，有的事件可能只影響一個時期，有的事件可能影響一個時代，有的事件可能只影響一部分人、一部分地區，也有的事件可能涉及整個國家或者幾個國家乃至全世界。

新聞事實的發生既可能某時某刻只發生一件，又有可能某時某刻發生好幾件；既可能只是某一部分人創造一個新聞事實，也可能是幾部分人共同創造一個新聞事實。

同樣都是新聞事實，它們當中含納的意義及其對未來的影響大小截然不同。

在新聞傳播活動中，無論何種體裁、何種品質的作品，都要通過傳播人、新聞人的大腦運動，才能將新聞事實轉換成新聞資訊。

傳播人、新聞人認識事物、把握事物、發現新聞、表現新聞都由大腦中樞掌管，其思維水準、思維方式就成了新聞之所以為新聞的樞紐。

一篇報導從發現到傳播開來，除了社會政治和環境因素制約外，思維水準和方式在根本上決定了其片面還是全面，深刻還是膚淺，有影響還是無影響。

處在直觀思維水準上的大腦即使面對飽藏資訊的新聞事實也寫不出令人驚奇的報導，經驗論者也一定不會用理性去分析新聞事實，開掘出清醒的有遠見的報導。

理性思維是諸種思維中最高級的思維形態，故而運用理性思維、在新聞中溶入理性，必然采寫出高品質、高層次的報導和評論，製作出最有價值的視聽節目。

如 1988 年 4 月蘇聯領導人戈巴契夫出國訪問期間，《蘇維埃俄羅斯報》發表一封署名女教師的來信全面指責蘇聯正在進行的改革，而代替戈氏看家的是一向持保守觀點的非正式第二號人物利加喬夫。

幾天後，戈巴契夫歸國，十幾天後，《真理》發表長篇文章全面駁斥那位女教師的來信。

這段時間，利加喬夫相當一段時間不曾露面，外國通訊社和報紙根據這些曲曲折折紛紛分析蘇聯的政治動向，一些報紙預見利加喬夫可能已失寵。

一周後，利加喬夫突然又在一次公開場合露面，一些報紙又馬上改口，認為以前預測的利加喬夫失寵說不攻自破。

然而，合眾國際社在發佈這則新聞時寫道：

“觀察家們指出，利加喬夫的露面並不自然就意味著他在就改革的步伐進行了一個月的鬥爭之後仍然保持著原來的權力”。

這仍然是對利加喬夫一個人命運的預見，這個預見是根據一波三折的好幾個新聞事件作出的。

兩個月以後，事實證明了合眾國際社的預見性，在蘇共召開的第 19 次全國代表大會上，另一位政治局委員雅科夫列夫引人注目地就意識形態問題發表講話，利加喬夫本來意識形態主管，卻無所作為。

再過了三個月，利加喬夫改任蘇共農業委員會主席，被徹底奪去了主管意識形態工作的權力，非正式的第二號人物的地位也隨之而去。

一個或幾個新聞事實也可能影響著社會某一時期、某一歷史階段的發展。

比如，1985 年秋中共發佈經濟體制改革的決議，指出中國要改變計劃經濟為主的經濟體制，而代之以有計劃的商品經濟。

這是一個新聞事實，這個事實不但影響著此後整個經濟改革的命運，也影響著中國政治、經濟、文化發展到 21 世紀的命運。

這個影響後人很難感覺到，其實經濟領域的所有的改變，都是從這樣一句不同的表述開始的。

可惜，這種影響及其可能的預見，只有很少的優秀傳播人、新聞人通過他們的新聞作品予以報導。

一個時代的預見性即一個新聞事實或幾個新聞事實的發生可能影響著相當長的一個歷史階段，形成一個截然不同的新時代。

例如，1988 年 6 月雷根訪問蘇聯。

這次訪問是美國總統尼克森 1973 年訪問後的第一次，也是蘇聯新領導人戈巴契夫入主克里姆林宮後第四次兩個超級大國的首腦會晤。

此前半年，戈巴契夫曾訪問美國與雷根簽訂削減中程核武器條約。這是第二次世界大戰以後首次簽訂的“削減”條約，在此之前，都簽訂的是“限制”條約。

雷根訪蘇沒有達成重要條約，但對美蘇關係發展的現狀和蘇聯正在進行的改革給予很高評價，兩國達到戰後最友好的水準。

這個局面，所有人都能注意到，一些傳播人、新聞人指出這些事件標明第二次世界大戰以來，東西方對立的“冷戰”時代已經過去，一個東西共存拋棄其意識形態偏見而講求實際的和平共處的新時代來臨。

這些預見很快就有許多事件予以證實，長達 8 年的兩伊戰爭停火，中東問題謀求和平解決的呼聲行動步伐日益加快，東方集團的匈牙利第一個與西方集團的南朝鮮互設辦事處開展相互貿易，等等。

但是，沒有一個人預見到，雷根訪問蘇聯實際上成為一個象徵和分水嶺。

不光蘇聯，整個世界已經雷聲隆隆，山雨欲來，到了劇變的前夜。

雷根“拖垮”戰略戰術已經不戰而勝，二次世界大戰之後資本主認與共產主義的較量已經決出勝否。

以蘇聯為首的東方陣營已經日薄西山，只有表面上的強大輝煌。

不出三年，蘇聯解體，東歐自由，根本沒有兩個主義共存的世界，只有一個主義放之四海。

2013年5月20日，美國中情局外判公司雇員、相當於承包中情局部分技術工作的某家公司的雇員斯諾登隻身逃往香港，聲稱帶有大量秘密，揭露美國政府的監聽計畫是侵犯人權，他為自己的“良心”付出拋家舍業的代價。

事件立即轟動全球，許多國家和媒體都如獲至寶，以為這個“間諜”給美國這個世界警察一個響亮耳光。

唯有一位評論家以嚴謹的邏輯，指出這個“可愛”青年只是演出一場鬧劇。

分析評論如下：

首先，中情局就是為了美國和文明世界的安全向全世界收集情報的組織，這位年輕人不可能當日在應徵工作的時候，以為自己應徵的是幼稚園教唱遊的男教師。

加入了中情局，又不滿中情局入侵私隱，正如當初應徵屠房，進去之後，才宣佈自己是素食者，見到屠牛宰羊的場面，會昏倒。

史諾登應該投奔的，不是香港，也不是冰島，而是北韓。北韓最尊重人權，最保障私隱，早點上路吧。

史諾登最後受到俄羅斯庇護，俄羅斯成了他眼中最自由、最不侵犯人權和隱私的國家！

他也從此成了世界上最自由的人！

一針見血，往喧囂的世界撒出一把鎮靜劑，讓受眾會心一笑，只把斯諾登新聞當戲看。

正由於理性新聞有這樣洞燭先機的能力，其預見和判斷也才能夠減少許多資訊的不確定性，從而以最有價值的資訊取信公眾，吸引公眾，建立自己的權威。

——深刻性

深刻是理性新聞的第三要義。

因為理性新聞是以新聞事實本身的意義、影響及發展可能為追求，新聞事實在其中降居於次要位置。

理性新聞的著力點和全部靈魂是把握新聞事實本身的深層意蘊及其與周圍事物的關聯。

這就要求理性新聞一方面要深入新聞事實本身尋求其構成新聞價值的各個方面、各個聯繫，以及這些聯繫、方面呈現出來對立、衝突、融合。

一方面將新聞事實置於其發生的歷史鏈條和現實空間的座標上，把握它與周圍其它事物的聯繫和相互影響。

有了這樣的把握和分析，理性新聞必然是深刻的，有穿透力和擴張力的。

仔細分析，理性新聞的深刻性表現在三個層面。

1、分析新聞事實的深層意蘊和潛在意義，道出新聞事實表面尚未呈現的信息。

如果把新聞事實當作一頭牛，記者就是庖丁，記者的理性就是庖丁手中的刀，寫出來的新聞則是庖丁已解開的牛。

深刻與否就是記者能否把新聞事實象庖丁解的牛一樣，將其主要的部分、次要的部分、核心的部分、週邊的部分、聯繫的線、聯結的點等一一有條理、有層次地解析清楚。

2、確定新聞事實的時空座標，相當於指出其所在的維度。

確定新聞事實的時空座標不是指通常意義上的發生時間和地點，而是指新聞事實發生的歷史與現象的交匯處。

其深刻性就表現在報導能否準確地指出新聞事實所在的歷史維度。

如果把新聞事實比做一顆星，傳播人、新聞人則如天文學家，傳播人、新聞人的理性則若天文學家手中的望遠鏡，所采寫的報導就是天文學家繪製的星系圖。

3、指出新聞事實與周圍事物的聯繫和相互影響狀況，相當於 How to be （未來怎樣）。

報導中指出新聞事實與周圍事物的聯繫和相互影響狀況，猶如闡明地球與太陽、月亮等行星的關係。

如果新聞事實是地球，那麼記者的任務就是告訴人們地球上的陽光是哪兒來的，地球在一個沒有任何依託的空間中是如何存在的。

為什麼地球上有白天，有黑夜，而有些黑夜又有月光，這月光又是哪兒來的。

地球與太陽、月亮及其它星體的相互引力大小程度如何等等。

要解答這些問題，除了用觀測儀器（如望遠鏡），還要用理論（如牛頓的萬有引力定律、愛因斯坦的廣義相對論）。

運用理性之於分析新聞事實，就如同天文學家運用萬有引力理論和廣義相對論之於描繪解答這些問題。

例如，香港《今天時報》1988 年 10 月 23 日社論：

題：國民黨的被動態勢

日前我們曾經談過胡秋原。

而且認為，像胡秋原這樣的政客，到北京去活動，不會有什麼大作用。

不論是對國民黨或者是對中共，都可說是“作用不足道”。

因為他只是政客。

而且就他過去的歷史來加以分析，我們可以發覺，他的出發點只有一個。就是“為喜歡活動而活動。”是屬於“求名類”。

臺灣國民黨中常會決議，開除胡秋原黨籍，等於向外表示：一、國民黨極之畏懼中共的統戰，二、胡秋原此人，政治影響力十分之大。

……

胡秋原訪問大陸，對於中國統一、對於海峽兩岸交流、對於臺灣前途，其作用多大，一目了然。

如果一個胡秋原的訪問就能使兩岸統一，臺灣回歸大陸豈不太容易了，臺灣豈不是太虛弱得不堪一擊了。

理性在認識事物運動規律時的深刻性，一般指理性是否認識到了真理，把握住了事物運動的必然性、規律性等等．這是哲學家及其它科學家的任務。

將理性用於剖析新聞事實，準確把握新聞事實及其時空座標和對其它事物的影響狀況，就是新聞人、傳播人的使命。

理性新聞的獨到性、預見性、深刻性在本質上不同於新聞宣傳中提倡的指導性、典型性、傾向性、本質上的真實性。

後者是新聞宣傳的要求和功能，前者是理性新聞本身內在的規定性，是理性新聞邏輯的必然延伸。

2.3 理性新聞的表現形式

在上面兩節裡，我們討論了理性新聞的內在規定性及特性，也就是對理性溶入新聞以後的質的變化作了說明。

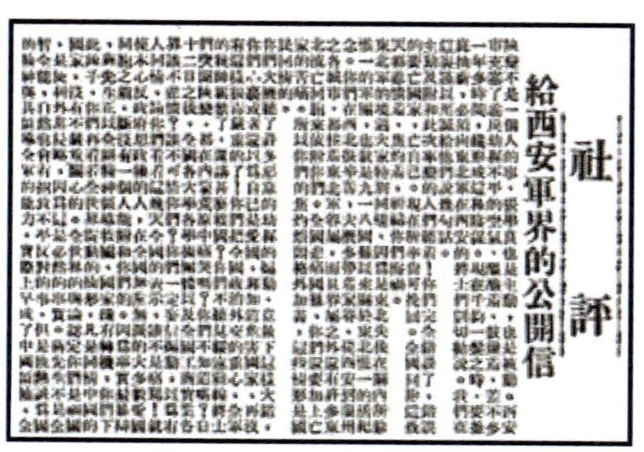
社評
給西安軍界的公開信

张季鸾西安事變社评

按照邏輯學的要求，我們還要討論理性新聞的外延問題，即理性新聞在範圍上伸展到何處為止。有哪些“領地”。

一般來說，溶入理性的新聞用專稿的形式易於表達。

專稿這個類別，是洋鬼子們的分類。

消息（或新聞）即 News，專稿即 Feature。

前者以帶電頭為標誌，如［×× 通訊社某地某日電］或［本報某地某日電］。後者則含除社論、專欄文章以外的任何報導，標誌是標題（有時加副題）下署名，接著開始正文。

由於要求消息以最快的速度報導新聞事實，故其結構常採用倒金字塔形式，導語在先，然後按事實重要性依次敘述。

理性新聞的要害在於分析和解析，事實只是由頭，分析需要其他背景、聯繫和邏輯推理。

既要保持新聞快速、搶先的特點，又要在新聞中融入理性，使報導具有獨到性、預見性，深刻性，新聞事實本身的特點就成為報導形式的先決條件。

例如：

法新社認為戈巴契夫將在中央全會上同保守派攤牌

【法新社莫斯科 9 月 29 日英文電】蘇聯領導人戈巴契夫決定召開一次令人吃驚的克里姆林宮領導人會議，已在此間引起猜測，認為他已決定同反對他改革計畫的保守派攤牌。

突然決定從紐約召回外交部長謝瓦爾德納澤參加星期五（30 日）召開的會議，更加劇了下述猜測：一場大改組可能正在進行之中。

分析家們說，決定召開“緊急”中央全會，意味著戈巴契夫旨在對素有保守之名的中央委員會的 308 名正式委員中的許多人“發動突然襲擊”。

戈巴契夫在上星期五（23 日）強調說，他希望黨組織“儘快”改變。他說，根據此間三個月前召開的黨的特別會議通過的旨在限制黨對經濟事務的干預的決定。黨組織應當精簡。

他說，這一措施首先會影響在莫斯科的中央委員會下屬各部，“然後在較小程度上也會影響地區黨委和市黨委的各機關”。

西方外交官評論說，關於改革黨組織的中央全會本來可以很容易地安排在下周謝瓦爾德納澤回到莫斯科以後召開。

戈巴契夫上星期五對他改革的進展情況作了迄今為止最悲觀的評估，他承認改革不順利。

……

按形式說，這是一則消息，然而，讀完全文，誰也不會懷疑這是一篇已經溶入了理性的分析性新聞。

新聞事實是蘇共中央政治局委員、蘇聯外交部長謝瓦爾德納澤奉召返回莫斯科。

法新社以這一新聞事實為由頭，分析指出，戈巴契夫“已決定同反對他的改革計畫的保守派攤牌”、“一場大改組可能正在進行之中”。

事隔一天，法新社的消息就得到了證實。

這就表明，理性新聞不但不排斥運用消息的形式，而且在緊急狀態下，用消息的形式比用專稿的形式更精彩、更具競爭力和權威性。

在追求時間、時效的情況下，如果四平八穩地分析推理，採用專稿的形式處理突發新聞事件，就算分析和推理十分準確，但到了受眾的眼睛裡、耳朵裡，已經成了舊聞，失去傳播和報導價值。

在即時消息中，融入自己的分析和判斷，是完全可以做到的。

前面說過，判斷一則報導是不是理性新聞，是根據報導的內容當中融入沒有融入理性來確定，並不在於形式的一律。

如果一則消息實際上報導了新聞事實背後的事實，指出了新聞事實的發展可能、意義和影響，同樣是一則上乘的理性新聞。

不僅即時消息和專稿可以融入理性，一則特寫、一條評論，同樣可以融入理性。

這即是廣義的理性新聞。

“人大代表剪影”（《人民日報》1988年4月五日第二版）從形式上看更像以往所說的通訊體裁，表面非常客觀，給人以娓娓敘來、不帶任何傾向與色彩的印象。

其實，從新聞所選取人物的代表性就明白不過地展示，這是一篇理性新聞。

記者的分析不但在寫作前、而且在採訪前就已經進行過了。

“‘兩會’拉開帷幕不久，在全體會議、分組討論、記者招待會上奔來跑去的採訪中，資深記者魏亞南耳聞目睹著差額選舉中走到人民大會堂裡的人民代表們在討論國家大政方針時突出顯露的差距。

對國家的今天與未來，為什麼有的代表能高屋建瓴，發表出令人嘆服的見解？為什麼有的代表敢於搶話筒，慷慨陳詞、直抒胸臆？為什麼有的代表能向大會遞交上厚厚的提案？為什麼有的代表卻始終“沉默寡語”或是平平淡淡地發言，無關痛癢地提點批評和建議？

人代會不是勞模會，是權力機關的會議，什麼人適合當代表？代表應該具有什麼素質才能代表人民行使管理權力？”

正是這樣的思考，驅使他“嘗試著以客觀報導形式寫下了”這則報導。（《新聞學苑》1988 年第 3 期。）

《人民日報》時任副總編范榮康評價，這篇報導“提出了非常深刻的問題”。（《新聞學苑》1988 年第 3 期。）

再如，本書著者的署名評論《途窮訛詐見》（人民日報 2004 年 10 月 20 日十版），形式是評論，但內容同樣融入了理性。

強秦並天下，六國危旦夕，荊軻刺秦王，圖窮匕首見。

兩千多年前的歷史畫卷，引無數後人競暇想，最孟浪的想像，莫過於將荊軻視為功敗垂成的英雄，跌足其功虧一簣沒有刺中嬴政。

……

一首“風蕭蕭兮易水寒，壯士一去兮不復返”就是自己的挽歌。

圖窮匕首見，圖窮不僅僅是荊軻用來掩藏匕首的地圖綻到了盡頭，而且是荊軻的命運、以及六國的命運也日暮途窮。

最後顯露出來的那只匕首，不過是幻想家們絕望掙扎的象徵。……

明明沒有那個本事，卻擺出無所不能的架勢。可謂“途”窮訛詐見。

途窮者，走投無路、不知所終之謂也。

正因為如此，也才有困獸猶鬥式的歇斯底里，有絕望掙扎的各種聲音，有力圖顯示自己強大的虛張聲勢和色厲內荏。

荊軻刺秦王，屬於古代的“不對稱戰爭”和“斬首戰”，雖然胳膊擰不過大腿，但尚有戰士的氣概和勇士的悲壯。

臺灣少數人的喊叫、吵鬧和訛詐，則全屬懦夫的定心丸和狂想曲，與江湖上老子天下第一，卻常常被真正的高手一掌打得嘴啃泥的傢伙屬於同一物種，與毛澤東所說的紙老虎形神兼似。

……

透過對詭詐的心理學、社會學分析，把詭詐實力不夠、嘴硬來湊的表演揭露得淋漓盡致。

這就說明，無論消息、特寫、還是評論、都可以用作對新聞事實的理性分析。

理性新聞不是從形式上與其它新聞體裁相區別，而是從內容上、從其所表現的思維水準、透視、分析、推理新聞事實的力度上與其它新聞相區別。

凡能作為新聞報導的內容、凡是符合新聞傳播規律的體裁，理性都可以在其中存在、顯示其力量。

2.4 理性新聞與其它新聞品種之區別

理性新聞的本質是對新聞事實作出分析，價值是提供未來的情況，提示新聞事件本身隱含的意義和影響等等。

梁啟超在寫作中

因而，人們可能會聯繫到已經流行的關於新聞體裁的說法，比如解釋性報

導、深度報導、預告性報導、述評等等。

有些人也可能會把理性新聞同這些報導相混淆，或者至少搞不清這些新聞與理性新聞是不是同一體裁，從而影響對理性新聞的明確瞭解和把握。

因此，有必要將這些報導與分析性新聞或者叫理性新聞加以比較，以進一步廓清理性新聞的外延。

1、理性新聞與深度報導。

深度報導這個提法是歐美同行首先使用的，英文為 Depth Reporting。

許多人在介紹這種報導時都以為它是一個種概念，把解釋性報導、綜述、述評、新聞分析都納入其中作為從屬概念。

有的則認為深度是由幾篇新聞或綜合、或系列、或連續組成的報導。

事實上，對深度報導的這些認識都是表面膚淺的，沒有隨心所欲之故，也有望文生義之嫌。

為了澄清這一概念，我們回到英語世界的解釋、理解，以正本清源。

美國著名報人羅斯科 · 德拉蒙德（Roscoe drummlod）認 為：Depth Reporting is setting today’s event aganst yesterday’s background to again to tomoron’s meaning.

譯成中文，深度報導“是以今日的事態對昨日的背景，以說出其明日的意義來”。

另一位著名報人阿 ·L· 克勞利（R.L.Cvowley）認為 Depth Reporting is " the opposite of surface reporting " ; "

an extansion of surface reporting " 。意即深度報導是表面報導的反面，也是膚淺報導的延長。

《紐約時報》主筆萊斯特 · 馬克爾（Lester Markel）認為 Depth Reporting is " …… the deeper sense of the news, It places a particalar event in the larger flow of events. It is the coloure, the atmosphere, the human element that gives meaning to a fact. It is, in short, setting, segnence, and above all,significance " .

譯成中文，即深度報導是“新聞的深入意義。它把一個個別的事件放進許多事態中。

這就是色彩、氣氛、與人情的成份，這一切會為事實道出意義來，簡單地說，它就是一種道具佈置，一種順序，和一種意義，尤以意義最為重要”。

等等。

這些說法各有不同，但總其主要意思，無非是：

A、深度報導並不限於背景說明，尚有分析的責任。

B、深度報導深入事實，揭示其意義何在。

C、不是表面報導，而是表面報導的延伸。

D、不可滲入主觀意圖。

E、是一種道具佈置，一種順序、一種意義。

F、是客觀的估量，與評論不同。

顯然，深度報導的這些特性與前文所引的那些概括和表述完全對不上號，即深度報導與解釋性報導、述評性報導、綜述、連續報導、系列報導等不存在種屬關係，深度之深不能理解為就是提供了背景，說明了來龍去脈，加了傳播者個人的議論或把一個持續時間較長的新聞事件跟蹤記錄下來的報導。

傳播人、新聞人在實踐中總結、理論上歸納的深度報導有其內在的質的規定性，就是上述 6 條標準。

6 條標準，精義是分析、揭示意義、延長新聞事實，排除了僅僅是提供背景的解釋和說明的報導。

並且，這裡的深度也是指新聞的內容而言，並沒有規定那種體裁、那種風格就是，或反之就不是。

因此，列出幾種新聞文體裝進深度報導的筐子不符合深度報導的原義和規定性。

但是，如果我們把深度報導的質的規定性與本書所提出的理性新聞或曰分析性新聞的質的規定性相比較，則不難發現，二者完全一致。

無論是二者對各自範疇規定性的表述，還是對規定性的解釋，還是對二者思維方式的要求。

它們所包容的意義及指向都是同一的。

雖然二者的概念截然不同，但其“內核”完全相同。

這就表明，所謂深度報導就是理性新聞或曰分析性新聞。

然而，這絕不是說，理性新聞或曰分析性新聞可以和深度報導這個概念互換共存，而是說深度報導這個概念應當讓位於理性新聞或分析性新聞這個概念。

道理很簡單，分析性或理性比起深度來，意涵更明確、更能揭示、概括它們所包含的“內核”。

深對淺而言，是一種狀態、一個形容詞，沒有概念和內涵，而理性或分析一個是名詞、一個是動詞，都表達一個行為特徵，不僅在概念上明確表達了實際意義，而且有恰如其分的內涵。

當然，本書使用、提出理性新聞或分析性新聞這個範疇並提議用其取代深度報導這個概念絕不是標新立異，或者是拿了人家的“洋娃娃”，自己縫製帽子戴。

要不是求得引述材料和觀點準確，使用概念符合原來意義，直到撰寫本節時仍然以為深度報導就是通常流行的說法，進一步查對資料時才發現，對深度報導流行的解釋與其本來的面目不相符。

本書對新聞按思維方式的重新分類也表明，用理性新聞和分析性新聞兩個範疇是對整個新聞現象作宏觀的、全新的思考之一部分，而不是單獨地、偶然地提出兩個概念以取代深度報導這個概念。

科學研究的歷史表明，任何一種真理或新的發現、新的創造，都是建立在前人成就的基礎上，批判地修正其錯誤的成份，繼承發展其正確的部分。

所謂的揚棄，正是這樣一個過程，而不是全盤肯定或全盤否定。

在“拿來”新聞實踐中于我們有用的東西時，吸取其精義所在的“內核”，而創造一個更恰如其分、更貼切的“外殼”，才是科學地、實事求是地態度，也才是發現真理、表述真理應有的方法。

2、分析性（理性）新聞與解釋性新聞。

正如許多研究者指出的，解釋性新聞從用法到概念，都是從新聞傳播資訊發達、傳播市場正常的地方開始的。

1980 年代成為熱門話題，試圖對其作理論概括和說明的研究者不少。

比較流行的一種說法是，解釋性報導是深度報導的一種，它除了報導事實本身，還加進背景材料和相關事實，解釋新聞事件的來龍去脈並分析其意義。

這裡，解釋性新聞就有了兩大特性：（1）提供背景材料和相關事實；（2）對新聞事實作深入的來龍去脈的解釋或分析其意義。

而理性新聞是運用分析的思維方法，獨立地觀察事實，發現聯繫，揭示意義，影響和發展趨向的報導。

如果只看這些有限的表述，這兩種新聞確有些相似或相近之處。

但是，二者還是有根本的的區別。

先比較解釋性新聞和理性（分析性）新聞的概念。

解釋者，說明也。

權威的英文《韋氏大詞典》是這樣解釋“解釋”的：Interpret；to explan，tell meaning of；translate，elucidate. to Construe in the light of an individual belief；jndgment of interest；as to interpret a contract。

直譯成中文，意思是：解釋，說明，說出意義，譯釋，依照自己的信仰分析，對利益的判斷，像解釋一個合約一樣。

分析者，解析、剖析也。

分析的英文解釋是：to study or examine something in detail, in order to discover more about it

直譯成中文，意思是：詳細研究或檢查某些事物，以便發現更多的東西。

兩個概念包含的意思有如下區別：

——解釋是一種溝通行為，而分析是一種思維行為。

——解釋是要人們盡可能地理解被理解的事物，分析是要人們盡可能地把握被分析的事物。

——解釋是要人們盡可能地接近被解釋的事物，分析是要人們盡可能地清醒地認識被分析的事物。

——解釋只是把事物的本來狀況描述清楚、轉達準確，分析是要通過研究和剖析，“以便發現更多的東西”。

詞語的內涵構成概念的區別，反映範疇的內在規定性。

解釋性新聞和分析性新聞因為內在規定性的不同，自然成為兩個完全不同的品種。

解釋性新聞是解釋新聞事實為什麼會發生或怎樣發生的，分析性新聞則是分析新聞事實的本來意義是什麼，發展可能有哪些，對我們周圍的世界有何種影響。

解釋性新聞是把尋求新聞事實發生的原因作為目的，分析性新聞是把探求新聞事實發生的結果作為目的。如果說新聞事實是一條河，那麼解釋性新聞就是探尋它從哪兒流來，而分析性新聞則是探討它向哪兒流去。

解釋性新聞和分析性新聞與新聞事實及它們的報導方法之關係可用數學上的等式來表示。

解釋性新聞可表示為 $X=1+1$，分析性新聞可表示為 $X=1+1+\infty$。

在數學裡，∞表示無窮大之意。

即解釋性新聞等於新聞事實加背景材料，而分析性新聞等於新聞事實加背景材料加理性分析出來的新聞事實的意義，影響等。

理性新聞的重點即在挖掘這個∞。

當然，關於解釋性新聞的表述也提到了分析，但是由於解釋性新聞的目的是解釋，即便分析也是為解釋服務的，故而與以拓展、延伸新聞事實所隱含的意義為目的的分析新聞完全不同。

解釋性新聞在層次上屬於知性範疇。因為它除了回答新聞事實中的 why and How，還“依照自己的信仰與利益的判斷進行解釋”。

從資訊理論的角度看，解釋性報導並沒太消除未來情景中不確定的因素之功能，而只是擔負論證、證實、釋疑、讓人們確定或明白已經發生的事情之功能。

特別是，如果已發生的事件消極意義大於積極意義，或者表面上于公眾有利而實質上有損於公眾的利益，那麼，解釋性報導之解釋就有了強烈的內含的辯護色彩，而無力揭示事情的本來面目。

作為傳播，其中所含納的資訊就極不可靠。

正如臺灣學者錢震所指出的：“解釋一詞對新聞寫作可能具有很大的危險性”。（《新聞論》（上）第 279 頁）

相比之下，分析性新聞是以理性作其旗幟的。

理性思維的內在要求使得記者在分析新聞事實的過程中嚴格尊重客觀事實，嚴格遵循思維規律，不許摻雜個人意見，不為任何私利和偏見所左右。

因而，分析性新聞是獨立的、超然的、帶著從已知到未知的好奇的、執著的探究色彩，只對新聞事實作深入發掘表達，告訴公眾事實的真諦和從事實本身引伸出來的資訊，這種資訊對消除未來情景的不確定因素極為有用。

從這種意義上說，理性新聞是在扮演新聞中“未來學”的角色。

簡言之，解釋性新聞是知性新聞，分析性新聞是理性新聞。

解釋性新聞是以說明新聞事實為本質特徵，分析性新聞是以延伸、拓展新聞事實為本質特徵。

解釋性新聞受個人信仰與利益的成份影響，分析性新聞只受客觀探究和獨立思考支配。

3、理性新聞與預告性新聞。

由於理性新聞的特性之一是揭示"明日事態之發展"，稍不留心，便容易將其與另一種常被一些人提及的新聞——預告性或曰預測性新聞——相混淆。

事實上，預告性新聞一般被認為是這樣一種報導：新聞事實尚未發生以前新聞媒介已將其報導出來。

這個概念及其解釋表明，這種新聞是預先將已經決定的事實或一定會發生的事實加以傳播的新聞。

新聞中報導的事實雖然沒有發生但由於已決定或必然要發生。

而理性新聞是分析今日發生的事實，聯繫昨日的背景及相關事實，揭示明日將要發生的事變，也即它所報導的事實不一定必然發生，更無已經決定將要發生這一新聞根據。

因此，理性新聞與預告性新聞的區別至少有兩點：

(1) 預告性新聞所報導的事實有明確的新聞根據或必然要發生，而分析性新聞所報導的事實無明確的新聞根據，有成熟性。

如：【合眾社北京9月24日電】中共中央政治局今天宣佈，

中央委員會將於下星期一 (26 日) 開會……。

【美聯社北京 9 月 26 日電】中國共產黨今天開始舉行一項重要會議，預見這次會議將批准放慢面向市場的經濟改革的速度。

【共同社馬尼拉 2 月 24 日電】事態正朝著有利於受絕大多數反馬科斯情緒支持的反馬科斯部隊和在野黨勢力的方向發展，成立以柯拉松 · 阿基諾為總統的新政權，看來只是時間問題。

前兩例中的“今天宣佈”，“預計”就明確指出它們所報導的事實是有明確根據的，其性質同新聞預告相近，只是程度不同罷了。

後兩個例子明確交待各自所報導的新聞沒有明確的根據，只僅僅是“表明”或“看來”，所以說後者的新聞是分析出來的。

(2) 預告性新聞所報導的事實是顯性的、直觀的，而理性新聞所報導的事實是隱性的、複雜的。

比如：【美聯社北京 9 月 26 日電】中國共產黨今天開始舉行一次重要會議，預計這次會議將批准放慢面向市場的經濟改革的速度。

再如：【合眾社北京 9 月 22 日電】中共“工作會議”暗示要放慢改革步子。

這兩條新聞報導的是同一件事：中國將放慢經濟改革的步子，前者是 1988 年 9 月 26 日發佈的消息，新聞由頭是召開中央全會，後者是 9 月 22 日發出的消息，新聞由頭是“中央工作會議”，前者是“預計批准”，後者則是“暗示”。

顯而易見，後者所報導的新聞不是一眼可看見的，而是依據中央工作會議的報導分析出來的，前者則是一目了然的。

這裡，並不是因為新聞中用了“暗示”和“預計批准’這樣的說法，才斷定它們一個是隱性的、複雜的，一個是顯性的、直觀的。

依據是它們所反映的內容及其背景。

1988 年 9 月是中國經濟改革的一個緊要關頭，在此之前，領導人一再表示不管冒多大風險都將堅定不移地改革經濟體制的中樞——價格。

然而，9 月 21 日結束的中共中央工作會議正式宣佈：當年及下年的工作重點是治理經濟環境、整頓經濟秩序。

記者通過自己的觀察和分析，認為這意味著放慢經濟改革步伐。

道理很簡單，中央全會通常只是程式性“批准”，真正做出決定的是中央工作會議。

所謂隱性、顯性、直觀、複雜正是從這裡背景材料中反映出來的.

有一些文章把預測性新聞同深度報導混同起來，認為深度報導“揭示明日之事態”，故應算做預測性新聞之一種，這是極其不準確的。

預測性新聞充其量只能是對一種尚未發生的事實報導的概括，既無獨立的文體風格，又無實質的內容特徵，如同娛樂報導、趣味報導一樣，屬於功能性分類。

理性報導是一個實體概念，有其獨特的內容、寫作、思維方式及個性特徵。

預告性新聞或預測性新聞與理性新聞既不是並列關係，也不是種屬關係。

如同人有男女之分，又有老少之分、又有工人、農民、軍人之分，不能把老人或工人全算在男人之列或女人之列一樣，交叉概念間沒有種屬關係。

這是形式邏輯的基本規則。

4、理性新聞與述評性新聞。

述評性新聞是中國的“土特產”。就其概念而言，它是評價事實和敘述事實兼而有之的一種報導。就其特性而言，它是夾敘夾議、又述又評、將評論與新聞融為一體。因之，述評性新聞乍看起來也與分析性新聞有相近之處。

前面敘述理性新聞的特性時指出，理性新聞除了敘述新聞事實，還要對事實的意義、影響、發展趨向作出判斷。這些判斷在不注意研究其本性的人那裡免不了也被歸結到一個籠而統之的詞：看法。既然新聞中除了敘述事實以外還有對事實的看法，理性新聞自然與述評性新聞是相通的。所謂相似之處即在於此。

然而，進一步比較二者，可以發現，本書所說的理性新聞與述評性新聞至少有三點不同。

首先，事實在新聞中所起的作用不同。

在述評性新聞，事實仍然是新聞主體，是新聞價值之所在，議論和評價處於從屬地位。

在分析性新聞，事實是由頭，是基礎，新聞主體新聞價值之所在都轉移到了對事實的分析及其判斷上。事實處於從屬地位。

如人民日報艾豐的著名述評《菜籃子引起的思考》之二“重

視溝通”一篇，全篇四分之三的篇幅都用來記敘吃菜的、賣菜的、國營的、個體的、經營者、管理者所謂的牢騷。因為“牢騷從一個角度反映了人們的心理”，所以“人們的心理溝通是十分重要的”。

記者的述評正是對各種牢騷的互相撞擊、對此有感而發。

整篇報導無論從新聞事實與議論所占的比例看，還是從新聞價值之所在看，新聞事實都佔據主要部分。

相比之下，下面這條新聞表現出的則是理性新聞的特性：

【路透社北京 8 月 8 日電】新聞分析：通貨膨脹的幽靈在中國的議會徘徊（記者 馬克 · 奧尼爾）

象一位不速之客，通貨膨脹的幽靈將在本月下旬召開的、每年一次的中國議會徘徊。

領導人正面臨著 1949 年以來最嚴重的通貨膨脹，這是需求大大超過供給、發行的貨幣大多、投資誤入歧途和價格不合理所導致的後果。

一位銀行家說，通貨膨脹不斷上升是幾個因素作用的結果——預算赤字、需求太大而貨物大少、流通的貨幣大多以及大量投入資金的錯誤使用。

最頭痛的是糧價怎麼辦——提高糧價，促進生產，但卻招來 2 億城市居民的憤怒，或者保持糧價低廉，城市居民高興，而農民得不到鼓勵，因此產量上不去。這位銀行家說，解決通貨膨脹的辦法是治本而不是治標，例如提高物價。

一位亞洲外交官說，在使經濟更好運轉方面至關重要的價格改革，今年從政治上說是不可能的。

……

這則新聞中，新聞事實相對處於從屬地位元，而記者的分析和判斷"通貨膨脹的幽靈在中國議會徘徊"既占了大量篇幅，也體現了報導價值。

其次，關於事實的看法在本質上不同。

在述評性新聞，記者的見解是站在一定的立場、持一定的觀點對所報導的事實作得失、善惡、好壞之評價，帶有明顯的實用色彩和功利色彩。

而在分析性新聞，記者的見解是冷靜的、客觀的，對新聞報導的事實進行理性的分析，從而延伸、拓展事實，持明顯的超然態度。

比如《菜籃子引起的思考》中，記者的分析是這樣的：

"菜籃子"曾是1985年經濟改革中人們議論最多的話題之一。

得的方面：上市蔬菜品質提高，可食率提高，垃圾桶裡的爛幫老葉"過時"菜大大減少了；供應品種增多，一年四季吃到細菜，不再成為難事；購買方便了。以北京為例，除1200個基層菜店之外，還有農貿市場88處，自然攤群335處。過去那種圍著新鮮蔬菜排長龍的景象少見了，居民們挎著菜籃子穿行於各個菜攤子之間，這是多少年未有的。

失的方面：有的城市，有的時期，菜價漲得過猛、過高；有的地方，蔬菜供應量有時還賺不足；有的城市，蔬菜補貼有所增加。

中心意思是分析蔬菜價格改革的效果。

再比如：

雷根得到政治活力

【路透社華盛頓 12 月 13 日電】（記者 吉恩 · 吉本斯）同戈巴契夫舉行的首腦會談在政治上和精神上使雷根擺脫了雷根夫人南茜最近稱之為一個“可怕的年頭”。

許多分析家說，從使他在歷史上的地位熠熠生輝的意義上講，這次首腦會談將很可能使 76 歲的總統獲得大於短期政治報償的好處。

70 年代末在卡特總統執政時期擔任白宮高級官員的艾森施塔特說：“這次會晤給他看來不可收拾的總統大位注入新的活力。”

民意測驗表明，贊成雷根辦事的人數量已恢復到了 60%以上，這是 13 個月前爆發伊朗門醜聞之前的水準。

這則報導是 1987 年美蘇首腦會前夕記者寫的，“雷根得到政治活力”的判斷是記者從民意測驗中贊成人數比例的上升、專家們的談話中歸納分析出來的。

專家們的評論和民意測驗都拓展了首腦會晤這一新聞事實。

如果這則新聞只停留在首腦會晤事件本身，評價這次會晤的決定是對的還是錯的，是應該的還是不應該的，是美國的勝利或蘇聯的勝利，那就是評論了。

再次，關於新聞事實的看法來源不同。

在述評性新聞，所謂評、議都是主觀的，記者把自身置於其中，類似於史書中的“太史公曰”，純粹抒發作者的見解和議論。

在理性新聞，所謂意義、影響、可能和發展趨向都是從事實本身的邏輯中引伸出來的，記者完全站在新聞事實旁邊，有點類似于三國時諸葛亮隆中對天下，完全依據客觀事實，對未來形勢加以估計和推斷。

“看點”不是議論，而是結論。

對一個新聞記者來說，如果說他首先需要的是寫作能力，那麼他更需要的是獲取新聞的能力，要對新聞進行分析、理解並找出一個能吸引讀者注意的方法。

——（美）柯弗蘭

道通天地有形外，思入風雲變態中。

——［宋］程顥

第 3 章 理性何以溶人

通過第二章的討論，我們比較清楚地從理論上認識了理性新聞。

這是我們把握、駕馭、運用、製作這種新聞的前提。

理論是濃縮和提煉了的實踐，沿著這條小道走雖然崎嶇，卻是捷徑。

從本題開始，我們將在實踐的海洋裡學習、探討如何將理性溶入新聞，也就是總結理性新聞的採訪、寫作、以及對材料的處理，應當遵循的原則。

從某種意義上說，這也是理論，但只是“技術”理論，是“方法”論，上一章是“認識”論，是“純粹”理論。

3.1 理性新聞的發現

在現實生活中，一種自然現象，比如暴雨、大雪、奇景；一種社會動態，比如工程峻工，商店開業，比賽結果出臺等等，這些意義比較單一的事件，用感性新聞的寫作手法傳播給讀者就可以了。

另外還有一大部分事件和現象，則是相互聯繫、相互牽制、相互影響，於雲遮霧罩中生存的。

撥開紛紜複雜的各種現象，拎出讀者關心的有關事態的背景材料和發展前景，告訴讀者“明日”將會出現何種局面，正是理性新聞或稱分析性新聞的任務。

這裡我們面臨的第一個問題是：怎樣才能發現這種新聞？

這種新聞的內容是如何確定的？

總結前人的經驗和方法，核心問題是要有清醒的理性，用理性審視新聞事實，審視紛紜複雜的世界。

1988 年漢城奧運會前，報紙、電臺、電視臺紛紛報導奧運會上某國體育代表團將捧回大約 10 枚金牌。結果眾所周知，奧運會結束時，事先分析奪冠的哪些項目幾乎一半以上名落孫山。

儘管相關報導都通過分析來推斷可能獲得的金牌數，結果證明，這些分析完全都是錯誤的。

與之相反，早在 1987 年底，報告文學作家趙瑜就已分析指出：1988 年漢城奧運會上最多拿回 5 枚金牌。不幸言中。

那麼多發行量極大的體育報刊，那麼多吃體育飯的記者，何故卻讓一個小地方的名氣並不很大的“野作家”占了先呢？

其中的奧秘就在於作者不是當“時代的記錄員”，而是做社會的偵察兵。

趙瑜回憶，他“是在’向漢城進軍’的口號喊得最炙熱的日子裡獨自悄悄進行的。四周彌漫著的熾烈而盲目的’奧運會熱’同他的冷靜思考形成強烈反差，甚而不斷干擾著他的思考。那天，他去《體育報》採訪。那裡正在為一篇獲獎的‘冠軍文學’熱熱鬧鬧地開討論會，他默默退了出來。他攢足素材，又悄然離家，回到閉塞而又冷清的晉東南一隅，沒有人可以商量，也沒有人能聽他談談關於漢城的預測，他把自己關進小屋，對著牆上一張飆網者的大幅圖片，一字字寫下去，耳畔還傳來電視裡廣州天河體育場六運足球賽或排球賽的噪雜喧鬧……”

“那些日子，有時恨不得把電視機砸了！”

另一名報告文學作家評述這種現象：“支撐自己的信念——一種未被驗證的看法，甚至是一種極不討好、有犯眾怒的見解，是需要極強固的心力的。”

“極強固的心力”當然是指承受心理壓力的力量。然而，這個力量的背後正是清醒的理性的力量。

既然是理性新聞，發現新聞的第一訣竅自然是運用理性。具體說來，這個階段至少有三條規律可循。

1、由此及彼、由點及面的普遍聯繫

1988 年 8 月，兩件大事吸引了全世界的注意力，一是持續 8 年的兩伊戰爭宣佈停火，一是巴基斯坦總統哈克遇難。

簡單地看，兩件事毫無關聯，各有各的背景和發展結果，一般讀者都不太會關心。

兩件事到了高明的傳播人、新聞人眼裡，完全像送上門來的露天金礦。

報導一波接著一波，蕩起層層漣漪，把兩個事件的影響波及到全世界。

下面的報導就是一例。

海灣期待著另一種景氣

海灣的阿拉伯國家希望，在數年以來的戰爭和經濟停滯之後，伊朗和伊拉克結束敵對狀態將迎來一個繁榮的新時期。

本周出現了對和平進程的信心日益增加的初步跡象，包括伊朗貨幣裡亞樂的地位大大加強、海灣航運的戰爭風險保險費下降。

商界人士、銀行家、航運界人士和外交分析家們都說，他們希望最近宣佈的 8 月 20 日海灣停火能得以實現。

但是許多人強調，人們非常希望出現的戰後工商業和投資的高漲仍是幾個月以後的事。

……

分析家們說，他們預計伊朗和伊拉克近期內將忙於和平和重建的工作。他們說，伊朗在戰爭前線受到的挫折及其需要應付的長期經濟問題——30％的失業率、50％的通貨膨脹率——意味著執政的毛拉們將把向鄰國輸出伊朗的伊斯蘭革命的任務放在一個比較不顯著的位置上。

薩達姆還正在發起經濟改革，減少國家對一些領域的控制，鼓勵更多的私營企業參加伊拉克的經濟。

就兩伊自身，戰後重建是否馬上開始？投資環境如何？各國競爭的狀況怎樣？等等。

兩伊以外，美國同伊朗的緊張關係將會如何演變？美國在波斯灣的軍事力量將會如何存在？海灣局勢是否會很快恢復平靜？石油價格會如何變動？等等。

再如，巴基斯坦的哈克總統遇難，巴基斯坦國內會不會出現權力真空？齊亞之後的政局將如何演變？國內局勢會不會穩定？美國會多大程度上保持與該國的密切關係？等等。

感性新聞和知性新聞只能如實地報導兩伊停火和哈克遇難這些事件，最多交待其背景和成因。

理性新聞，也就是分析性新聞，報導的就是這類事件蕩起的"漣漪"，兩個事件本身只不過是報導由頭。

在此我們將這兩個事件稱為"元事實"，分析性新聞就隱藏在元事實同周圍其它事件的相互聯繫之中。

通過揭示元事實與它周圍相關事件的聯繫，即由點及面、由此及彼地發現、分析更多的資訊，這就是理性性新聞最基本的方法。

如前例，兩伊停火後，波斯灣局勢，美伊之間的緊張關係，石油價格等等，每一個問題都可以寫一篇有份量的分析性新聞。

這些新聞正是通過對兩伊停火及其所產生的影響，兩伊與其周圍各國力量的對比、分析中發現的。

當然，這並不是說，有了元事實，明確了與之相關的"面"

和“彼”的事件，一篇分析性新聞便一蹴而就了。

強調元事實，只是指明分析性新聞在哪裡發現，礦藏在哪裡。

究竟怎樣發現、發現所遵循的規則是什麼，又需進一步探討。

我們知道，任何事實本身都是有邏輯、有規律性的，找著了事實發展的規律，依著它的邏輯，就可能把握它的發展。

一個政權加腐敗必然滅亡，一個國家經濟崩潰肯定無力支撐持久的戰爭，這些都是反復被歷史證明了的事物的規律。

同樣，掌握高度權力的人從心理上都不想放棄權力，賭紅了眼的賭徒輸得精光還要再來上一輪更是常見的故事。

理性新聞的任務就是把握這一政權腐敗的程度，一個國家經濟崩潰的程度，一個權力狂貪婪的程度，實力基礎牢固與虛弱的程度，一個賭徒的性格等等，再把這種真實狀況放入它們所處的具體環境之中，通過分析它們本身，通過分析它們同它們所處的環境力量的對比，便可以發現它們的命運如何。

把這種命運按它本身的狀況表述出來，一定是一則眾人皆醉一篇報導獨醒的重大資訊，價值連城，無數人受益。

2、透視背景、把握方位的系統思維

細緻觀察，不難發現，世界上有許多事情，真相、原委和潛伏的影響都隱藏在現象和表像背後，隱藏在紛紜複雜的各種聯繫中。

就算先顯露出些蛛絲螞跡，沒有福爾摩斯般的眼睛，絕大部分人都發現不了。

分析性新聞的作用和使命，就是要慧眼識珠，透過表面現象和各種蛛絲螞跡，捕捉抓住新聞事實背後的各種可能和聯繫，推理出更多、更有價值的資訊。

不輸特工間諜，甚至超過特工間諜，更快、更及時、更早地報導出一件即將發生的事情。

統計表明，蘇聯時期後 30 年的最高層人事變動，都是公開報導比秘密情報更快、更早，傳播人、新聞人比情報特工更管用。

傳播人之所以洞燭先機，能夠發現情報間諜都發現不了的重大事件，根本問題就在於有一顆理性的腦袋，有隨時待命運行的分析性思維。

一九八零年代，《華盛頓郵報》駐莫斯科記者杜德爾就有生動的回憶。

幾個星期以來，莫斯科的天氣一直寒冷刺骨。籠罩著城市上空的陰霾和潮氣令人呼吸不暢。

每年的 2 月份是蘇聯冬季最冷的季節，那一天正是 2 月份的第二個星期四，臨近黃昏的時候，寬敞的大街和廣場上已經行人稀疏。

人們都匆匆地回家觀看正在南斯拉夫塞拉耶佛市舉行的冬季奧林匹克運動會的電視實況轉播。

莫斯科好幾天都流傳著尤裡 · 安德羅波夫健康狀況不佳的謠言，勃列日涅夫去世後他接任蘇共總書記已經 16 個月，1983 年秋天他曾住過醫院，現在已經有 173 天沒有在公開場合露面。有謠傳說他的健康情況更為惡化。

這天，莫斯科的生活寧靜如常，我懷疑在這個城市裡，在政治核心之外有任何人會知道斯時斯地發生了什麼事。

出於偶然，我發現了這個首都城市裡有些不同尋常的跡象。

而且，跡象一個接著一個，到了午夜時分，我深信在我從事新聞工作以來，破天荒第一遭碰到了一個震驚世界的大新聞——蘇聯領導人的逝世。

我不僅搶在我的同行之前，也先於白宮、國務院和中央情報局，得到了這條大新聞。

一個單槍匹馬的美國記者怎麼會比美國政府龐大的政治機構更快地獲知事實的真情呢？

答案並不是因為我有多大的採訪新聞的本領，主要還是機遇。

一個外國記者是一個個體戶，他事必躬親，有時候必須為報導一件新聞而殫思極慮。

美國駐莫斯科大使館的工作是各自為政、互不通氣的，這就影響它搜集和分析情報的能力。

很少有幾個外交官會自動地找新聞記者聊天，那些做記者的又沒有固定的辦公時間，一直被競爭的職業本能驅使著到處跑，不像外交官僚那樣地奉行覆行公務。

我決定在晚上觀看蘇聯電視，算我運氣，這個國家正在進行國會選舉。

就在這個星期四夜晚，蘇聯領導中的新成員葉戈爾 · 利加喬夫第一次向全國發表電視講話。我不期望他在西伯利亞托木斯克發表的演講會有什麼新內容，只是想在電視上打量他的性格為人。

但是在我看電視的時候，利加喬夫講話中把蘇聯高級官員講演中習慣有的一句陳詞老調省略掉了：他沒有向托木斯克人民轉達安德羅波夫的問候。

“也許安德羅波夫去世了。”我對我妻子說。

我的話是沒有多大根據的，只是牽強的猜想。

然而里加喬夫的這一省略還是值得重視的。有沒有可能是技術的人員漫不經心地刪去了？

可能性很小。

會不會是被有意刪掉？

可是為什麼要刪呢？

誰授權刪的呢？

在電視講話之後出現的情況加深了我的懷疑，電視臺未作說明就把原來安排好的節目換掉了，原先安排的節目是瑞典“阿巴”流行音樂小組的表演，現在卻換上了嚴肅的古典音樂。

15 個月之前勃列日涅夫逝世的那一天也發生了類似的情況，公報宣佈之前廣播電視也都換了節目。

我把收音機打開，廣播節目中聽不出什麼名堂。

我同我妻子一邊吃晚飯，一邊觀看電視臺晚上 9 點播送的晚間新聞節目“時代”，這檔節目的內容也特別單薄，只是簡單地提到一下利加喬夫的講話。

蘇聯電視臺新聞節目內容單調是司空見慣的事，並不說明任何問題。

電視新聞之後，螢屏畫面就轉到緊張歡樂、色彩音樂豐富的塞拉耶佛冬季奧運會的現場。一切如常。

晚上 10 時，我的心頭浮起一種受到挫折的情緒和想做什麼事的欲望。我只有一個現實的選擇：給我熟悉的一位蘇聯朋友打電話，這位朋友雖然不是高級官員，但是他的職業很好，可以間接地得到一些敏感的資訊。

我和他在一些大型的招待會上經常見面，可以自在地交談。

兩天前我去參加一次聚會時期待能遇見他，果然他也在場。當時他告訴我，安德羅波夫的健康情況急轉直下。“我所知道的就這些。”他說。

雖然我的這位朋友不要我單獨去找他，但是我們約定在緊急情況下可以給他打一個電話，而且必須要在公用電話亭打電話。

如果他覺得可以同我見面，他就會在20分鐘以後給我的辦公室打電話。

我經常到列寧圖書館底層去打公用電話。

當我驅車前往列寧圖書館地鐵車站，我感到這個城市有一種不同尋常的沉默。

在這樣的夜晚，去那裡只需10分鐘的路程。當我經過總參謀部大樓時，我注意到整幢大樓的電燈全部亮著。在列寧圖書館地鐵車站外邊，我又看到一支由兩名士兵和一名軍士組成的巡邏隊。

看到這些不尋常的跡象，我打完電話之後就立即趕到辦公室去等回電。

但是電話久等不來。在這樣的夜晚我是無法找到可以與之聯繫的官員的。

我的那位朋友也許是不在家，也許是存心不給我回電。

於是我想去找一位信得過的同行去商量。我心裡想，很可能是我的神志已經進入一個幻覺的世界。

重大新聞在莫斯科總是在夜晚發生的，而這種時候我總感到我和這個世界是分離隔絕的。

我給南斯拉夫通訊社記者斯坦尼克打了電話，告訴他我將在午夜以後到他的辦公處去。

在去克裡姆林官方向的路上，我聽到蘇聯體育轉播員激動的聲音。

總參謀部的白色大理石大廈燈光依然通明。經過大廈我往右轉彎，向莫斯科河開去，國防部所在的巨大的史達林式建築矗立在河岸。

我清晰地記得這幢大樓的接待室的位置；在正常的情況下，像這樣的夜晚接待室早有 4 個窗戶會有燈光。

河岸幾乎空無人影。高爾基公園裡的轉盤遊戲機隱約地矗立在結冰的河邊上。雪花紛紛飄落。當我的汽車接近國防部大樓時，看到大樓的幾百扇窗戶都亮著燈光。

這說明夜晚 11 點之後，國防部的人都還在辦公，一定是發生了什麼非同尋常的事。

如果不是領導人去世的話，那會是什麼事呢？

我沿著河岸向市中心駛去，我聽到收音機裡轉播冬季奧運會實況已經結束，緊接著是一段簡短的新聞廣播。

我屏住呼吸，時間是午夜 11 點 35 分。原來這個時間是播送爵士音樂節目的時間，可是今晚的爵士音樂節目撤換了，廣播電臺也未作任何說明，收音機傳出了古典音樂柔和的樂曲聲。

我心裡想，好哇，這些現象只有一種解釋：安德羅波夫肯定是去世了。

蘇聯領導層挑選安德羅波夫的繼任人選必定是在夜晚的早些時候就已經開始了，他們一定是派了飛機到分佈在 8 個時區的不同地方把中央委員會都接到莫斯科來。

至此，我第一次感到興奮，我知道我獲得了一條非常重大的新聞。

克里姆林宮屋頂的尖塔林立，塔頂上閃著紅色寶石般的光芒，在茫茫的雪夜中映現出一副神話般的迷人景色。

說實話，我感到一種得意，在這個不可思議的神秘的國家裡，我發現了極為機密的秘密。

古比雪夫大街飄著雪花，在每一個通往克里姆林宮的路口，我都看見有兩名身穿呢大衣、頭戴毛皮帽的年輕人，我知道他們是保安人員。

15 個月前勃列日涅夫逝世時，夜晚的街道上我也看到過相同的景象。

如果不是執行任務，誰會有閒情逸致在這樣嚴寒刺骨的夜晚在街上逛蕩呢？

我到達南斯拉夫通訊社的時候，斯坦尼克正襟危坐地在聽著收音機，我想他一定跟我一樣，也感覺到這個城市有某些異常的情況。

"很可能是頭頭。"他說。我們一起分析所有異常的情況，找出各種各樣的解釋。

我說，30 分鐘之後，廣播電臺對在西伯利亞建造鐵路的青年廣播節目就要開始播音，因為那個地方離莫斯科有 6 個或 8 個時區。

如果這次廣播把固定的 5 分鐘幽默滑稽內容撤換，改播古典音樂的話，事情就會更明朗了。

斯坦尼克同意我的看法。

我回到我的辦公室，打開收音機，期待對西伯利亞建造鐵路的青年的節目開始。

當我聽到廣播開始播放的是古典吉他音樂時，我感到可以給華盛頓的報館打電傳電報了。

報館的編輯副主任接到我通過電傳發過去的新聞之後，立即請郵報的編輯、記者們分頭同白宮，中央情報局、國務院以及其他一些機構聯繫，詢問這些機關是否通過他們各自的管道已經獲悉這個消息。

各機關的回答都說未曾接到這件事的報告。

儘管如此，郵報的編輯還是決定把我的新聞登在頭版。

就在這天夜晚，有幾位郵報的編輯、記者出席了國務院舉行的一次晚餐會。

參加晚餐會的名流有國務卿舒爾茨，副國務卿伊格爾伯格和蘇聯駐美大使多勃雷寧。

一位編輯把郵報第二天一早將要見報的我發的新聞當面向多勃雷甯大使核實,這位經驗豐富的外交家笑著說:“得啦！他會死在這些謠言上。”

但是副國務卿伊格爾伯格說他要去核實這個消息。

就在晚餐會行將結束的時候，他通知《華盛頓郵報》的一位經理說，我發的消息不確。

伊格爾伯格說他曾將這條新聞向駐莫斯科的美國大使核實，那位美國大使開玩笑說：“想必杜德爾喝多了。”

鑒於這樣的情況，郵報決定把新聞從頭版移到第 28 版，並且把語氣也做了一些改動。

上述這些情形我都不知道。當我上午一覺醒來，我們的蘇聯女傭告訴我，安德羅波夫的訃聞即將宣佈，當局已經把這個消息廣為傳播了。

我立即打電話給南通社的斯坦尼克。他告訴我，他的通訊社沒有採用他發回去的新聞。他祝賀我捷足先登。

故事雖然冗長，但非常引人入勝。

一個傳播王者的生活、工作圖景非常生動地告訴大家，一篇眾人皆醉我獨醒的理性新聞是如何發現的。

他注意到的第一個現象是：一位高級官員“沒有向托木斯克人民轉達安德羅波夫的問候。”

第二個現象是“電視臺未作說明就把原來安排好的節目換掉了”，而這兩個現象後面的背景是“15 個月之前勃列日涅夫逝世的那一天也發生了類似的情況，公報宣佈之前廣播電視也都撤換了節目。”

現象背後有一個背景：“兩天前，一位蘇聯朋友告訴他’安德羅波夫的健康情況急轉直下’”。

第三個現象：參謀部“整幢大樓的電燈全部亮著。在列寧圖書館地鐵車站外邊，有一支由兩名士兵和一名軍士組成的巡邏隊。”

第四個現象：國防部“大樓的幾百扇窗戶也都亮著燈光。這說明夜晚 11 點之後，國防部的人還都在辦公。”

第五個現象：“晚上的爵士音樂節目撤換了，廣播電臺也未作任何說明”,“通往克里姆林宮的路上有兩位保安人員”。

現象背後又有個背景：“15 個月前勃列日涅夫逝世時，夜晚的街道上也看到述相同的景象。

第六個現象；“我聽到廣播開始播放的是古典吉他音樂。”

又有個背景："通常這個對西伯利亞建造鐵路的青年人播放的節目是固定的 5 分鐘幽默滑稽內容"。

至此，記者已確定安德羅波夫逝世無疑。

整個過程，都是一連串現象同以往類似背景的對比和聯繫，又是當時的現象與以往同類現象的不斷印證和分析。

一個凡事刻板嚴肅的國家，突然間有許多跡象一反過去的做法，或者重複特定時期的一些做法，一定是又一個"特定時期"來臨了。

這個"特定時期"，一定是上一次"特定時期"的重複。

上一次是勃列日涅夫死了，這一次一定是勃列日涅夫的接班人死了。

一個重大的、潛在的資訊水落石出了。

記者使用的方法就是通過透視背景把握新聞事件演變和可能的方法。

背景的運用在新聞寫作中極其重要，但分析性新聞與傳統的新聞文體在運用背景材料時，目的有所不同。

傳統新聞文體中的背景起著說明新聞事件的作用，分析性新聞中的背景起著相當於形式邏輯中演繹推理的大前提的作用。

有了這樣的大前提，才能"推出"前提裡隱含的資訊，新聞事件也就有了全新的、更廣泛的資訊。

這就是背景和前提在分析性新聞中的重要地位和巨大作用。

上例中所舉出的背景，可以說僅僅是諸多背景種類中的一種。

背景的英文為 Background，可以理解為大環境，大系統，大前提；也可以理解為歷史潮流，時代精神；還可以理解為地理位置，人物關係，社會習慣，思想觀點，政策，法律，權威性語言，行為或書面材料等等。

選用什麼樣的背景材料完全是因事而宜，各取所需。

下面又有一例：

中國人口回潮可能危及經濟改革

【合眾國際社 9 月 6 日電】中國重新回升的人口浪潮很可能危及旨在為改善這個世界上人口最多的國家的人民生活水準而進行的經濟改革。

中國嚴厲的控制人口的政策的本意是解決人民的吃飯問題，因為在這個國家，人們挨餓一度是件常事。但是，富裕起來但又缺乏經驗的一代新農民和企業家們又恢復到了中國傳統的老觀念：多子多福。

由於政府放寬了一對夫妻只生一個孩子的政策，人口統計學家們還想到現在的兒童成年時，中國的人口老年化問題將會加劇。再過 30 年，中國 60 歲以上的人將占全國人口的 20%左右，而那時世界平均比例僅為 13.7%。

這則報導中，“中國人口回潮”是元事實，作者將它嵌入中國經濟社會的大前景下，確定其位置，從而推演出幾種發展可能。

如果不從大背景中分析人口回升帶來的影響，而單純報導人口回升，對美國讀者來說，就毫無意義。

3、眾裡挑一、九九歸一的歸納和抽象

恐怕沒有哪個人不曉得這樣一些常識性的現象：雞叫三遍天亮，牽牛花破曉開放，青蛙冬眠春曉，大雁春秋往來等等。

一般人對這些現象早已熟視無睹。

但科學家們卻能夠根據無數個種類的生物體活動具有週期性節律的現象，概括出一個一般性的結論：凡生物體的活動都具有時間上的週期性節律。

這一發現，就是運用了形式邏輯歸納推理的方法。

把這種方法用於觀察社會變化，也可以寫出分析性新聞，A 城今年小麥豐收，B 城水稻增產，C 城交糧多少公斤……，於是採訪到"今年糧食豐收"的消息。

當然，這些現象都是表面化的，易於得出結論的東西。

現實生活中大量存在的是不同的地方發生著許多現象不同而特質相似的事件，如果不去將它們聯繫起來分析、思考，發現其中隱含的共性，如同馬克思所說的，美好的音樂對於不懂音樂的耳朵來說毫無意義。這些事物永遠也只能是孤立的，毫無意義的。

相反，如果能將這些東西聯繫起來進行分析、研究，找出它們背後的東西，並傳播給讀者，那就盡到了傳播人、新聞人的責任。

"王"中之王李普曼的概括很形象："如果一個國家是一艘航行在大海上的船，那麼記者就是那船上的瞭望哨。"

借用形式邏輯的術語解釋發現分析性新聞及確定其主題的方法，就是運用歸納推理的方法，從諸多互不相干的事物中去發現和尋找共性，從而發現新聞、製作報導。

歸納推理又分為完全歸納推理、不完全歸納推理和科學歸納推理等三種。

三種推理都可以用來發現分析性新聞。形象地描述，就是眾裡挑一、九九歸一的歸納抽象規律。

所謂眾裡挑一，即在眾多的現象中找出帶有共同特點的一種聯繫或判斷。

所謂九九歸一，即把眾多現象反映的同一聯繫用一個中心意思貫穿起來。

比如，《波士頓環球報》1988 年 5 月 8 日刊登的一則新聞。

勃列日涅夫正遭受同史達林一樣的命運

當蘇聯已故領導人勃列日涅夫 1982 年秋被安葬在克里姆林宮牆邊的時候，一條棺木導繩松了。

华莱士与普京

戈巴契夫上臺 5 年以後，勃列日涅夫的聲譽和許多接近他的人政治生涯也都伴隨著同樣的迴響聲漸漸被埋葬了。

黨政高級領導人今年 1 月頒佈一項決定，規定所有以勃列日涅夫的名字命名的城市、廣場和街道都得恢復它們從前的名稱，以勃列日涅夫的名字命名莫斯科一個新廣場的計畫也取消了。

他個人的貴重物品（包括精選搜集的一些手錶）大部分已由國家沒收，用以出售或者拍賣。他的 60 多輛汽車的命運不得而知，但他的家人可能已經設法偷偷做成了幾筆交易。

最嚴厲的批評來自各種週刊，特別是《莫斯科新聞》，它回憶了勃列日涅夫如何厚顏無恥地授予自己4枚“蘇聯英雄”金星勳章，這是最高一級的軍功勳章。

“勃列日涅夫主義”這個詞現在不僅成了經濟停滯不前的標籤，而且還成了嚴重貪污受賄和腐敗墮落的同義詞。勃列日涅夫的當今批評者說，在他的統治下，犯罪和吸毒這些從前只是在中亞才普遍存在的現象擴展到了蘇聯的一些最大城市。

這則新聞中，“靈柩突然傾向一邊”，“取消以勃列日涅名字命名的城市和街道名稱”，報刊雜誌對他的批評，讀者的憤慨，對他統治下經濟停滯不前的揭露，等等，發生的時間、地點、方式，非常分散，而且不同。記者正是從這些表面上看來互不相干的事實中發現了一個共性：勃列日涅夫日漸遭到唾棄，蘇聯發生的變革已經很深刻、走得很遠。

3.2 理性新聞的材料

溶入理性是指記者面對變化著的事實要做出自己獨到的分析和判斷，但所有分析判斷仍以事實為依託，仍來自各種事實。

因此，理性新聞的發現，理性新聞的寫作和製作，都仍然離不開事實說話這一規律。

巧婦難為無米之炊，傳播人、新聞人的“米”就是事實，用寫作和製作的術語，叫作材料，或者素材。

通過分析發現新聞之後，要落筆成文，要製成可視、可聽的廣播、電視節目，移動終端的音訊和視頻，最最基本的元素就是把握事實，運用事實，搜集素材，運用素材 。

1、材料的分類

與采寫、製作其它種類的新聞一樣，掌握材料，透視分析材料，也是發現、寫作、製作分析性新聞的第一步。

總結成功的理性新聞，其所使用的材料可分為三大類，依次為核心材料，背景材料和週邊材料。

核心材料一般指元事實，即新近發生的新聞事實，它在分析性新聞中占最主要，最突出的地位。

比如上節所舉的“安德羅波夫逝世”一文中，作為論證安德羅波夫逝世六個主要跡象就是核心材料，沒有它們，整個新聞就失去存在的基礎。

核心材料的獲得主要看記者的採訪水準和新聞敏感，其中包括記者的觀察力，聯想力和邏輯思維能力。

最早寫出“安德羅波夫逝世”消息的杜德爾就是憑藉敏銳的觀察和邏輯嚴密的聯想來發現材料、構成新聞。

背景材料，即與元事實有直接關係的歷史、環境、原因等方面的事實。

這類事實是說明元事實的意義、影響和發展趨勢必不可少的依據。

所謂挖掘，也就是挖掘這部分材料。如《安德羅波夫逝世》一稿中的幾個背景材料都屬於這種材料。

再如《政治的大門在向人民打開》（《人民日報》1988年3月28日一版）就使用了許多背景材料。如“十三大之後，中共中央政治局每月一次全會，會畢即發佈新聞”，“各地協商對話活動一時形成熱潮”，“一年前小道消息滿天飛”，等等。

新聞還不惜篇幅引用了國外輿論的反映，北京市人代會的選舉、貴州省省長答記者問的實況，等等。

這都是使用七屆人大和七屆政協會議以外的材料來展示“政治的大門在向人民打開”這一狀態。

週邊材料是與核心材料無直接聯繫的、較背景材料更次要的事實。

這類材料在發現新聞時起核實背景材料，透視核心材料的作用，在表現新聞時起說明、證實背景材料或中心意思的作用。

例如：《海灣在期待著另一種景氣》中記者不厭其煩地引用銀行家們對停戰和停戰後的評價與期望，就是發揮這種材料的作用。

這類材料在根據新聞事實中離核心材料較遠，在正式新聞中一般較少引用。

然而，在收集材料、發現新聞時卻是不可或缺的，這些材料常常會使新聞價值更加突出和牢靠。

2、材料的收集

這裡的材料不僅指事實，還指各種觀點、結論和知識。

就採訪新聞事實而言，一般新聞教科書都有所論述，它們對采寫理性新聞仍是有用的，本書從略。

從采寫理性新聞的要求出發，記者重要的是積累思想和觀點，善於收集、運用背景材料與週邊材料。

與其他種類新聞不同，采寫、採制理性新聞首先是從研究開始，並非一支筆、一架攝像機、一支錄音筆和兩條腿可以完成。

理性新聞不僅僅需要新聞腿和新聞鼻，更需要新聞腦。

要求具哲學家的敏銳思考，史學家的勤集資料，科學家的求證精神。

20 世紀八十年代，一篇專稿《中國改革的歷史方位》（《人民日報》1988 年 11 月 6 日一版）轟動一時。

參加采寫的一位作者回憶："要養成積累思想的習慣，多交些學術界的朋友，用好學術界這根拐杖。

"過去講積累，主要是積累知識、政策和新聞線索。現在，恐怕更多地應強調積累思想，這是最重要的。要想作深入報導，沒有思想積累不行。否則，非但調度不好各種事實材料，連能不能抓到有價值的材料恐怕都要打個問號。"

思想積累首先要求傳播人、新聞人大量深入閱讀研究所報導領域的文獻和著作，成為這個領域的專家。

又要有自己所專注領域以及其他領域的大量專家、學者、權威人士作朋友。

面對某件事情、某種現象，發現其中有報導價值的線索，能夠立即調動自己的思想庫，給出必要的判斷和分析，同時調動周圍的思想庫，知識庫，借用其他人的思想和智慧，檢驗檢查自己的判斷和分析是否成立，是否牢靠，是否有報導價值。

電視、廣播、視頻中常常請來這個"專家"、那個"專家"，就是利用專家學者的大腦分析新聞事件、評論新聞事實。李普曼、華萊士們自己比專家還專家，比學者還學者，他們的看法和評論因此最權威、最令人信服，他們就是王者。

此外，用社會學方法收集相關材料和帶普遍問題的材料也是一種途徑。諸如民意測驗，問卷調查，統計方法，書面訪問等等。

通過這種途徑收集到的材料通常是有定量分析和定性分析相兼的長處，使你能更準確、更全面地分析一種事物或一種現象。

比如《一人沉浮，千夫評說》（《人民日報》1988 年 1 月 27 日二版）一文，全篇的材料就是來源於這三個方面，記者親自傾聽各方面的議論，記者請經濟學家分析環境，從步鑫生失敗的整個大背景中搜集材料。

收集材料還有一個重要途徑，即平時積累，建立自己的“資料庫”，給自己採訪領域的人物、團體建立檔案，並且不斷補充、豐富。

比如說一個文藝記者對於自己採訪範圍內的藝術家、作家，不管是否見過面，都要盡可能收集他們的資料，作成卡片。沒有見過面的，要根據已發表過的報導作成系統資料。

在新聞史上，記者通過分析自己的檔案材料，預見到重大新聞事件發生的成功範例很多。

1971 年 9 月 13 日，當時的林副統帥所乘飛機在蒙古境內失事。

有關方面高度保密，只有最核心的最高領導層掌握事態。

但事過兩天，9 月 15 日，即出事的第二天，法新社就報導了這一消息。

據介紹，這位記者用了幾年的時間，搜集了大量資料，精心研究，判斷出林的動向。

1970年8月，毛接見某國領導人，林在場。但是，《人民日報》只在頭版的上方發表了毛單獨同外賓握手的照片。在同一版的下方，發表了林單獨會見外賓的照片。

根據這一情況，還有批修整風的運動，都表明情況很不尋常。

“九·一三”事件發生後，他根據平日積累的大量情況，加上對一些“反常現象”的敏銳觀察，得出結論，林出事了。

他是第一個報導林出事消息的傳播人。

3、材料的證偽與證實

材料在新聞寫作中固然重要，但材料的真實、扎實更重要。

如果新聞的材料中摻有假像或局部的“假像”，其“產品”瞞過一時，瞞不過一世。

真實、扎實的材料對於感性新聞、知識新聞重要，對於理性新聞更重要。

因為理性新聞中的事實只是形成報導的基礎，沒有真實的事實和現象作基礎，就不能形成真實、準確的判斷，不能形成有理有據的分析，一開始就失去了理性新聞的價值。

一些“磚家”信誓旦旦，一些權力寡頭樹大根深，用人民的血汗把自己武裝到牙齒，任何胡作非為都影響不了他們家的江山萬年長，結果，沒過幾天，他們嘴裡的當紅炸子雞，一個個倒臺，下場比誰都慘。

這類笑料炮製者個個都覺著自己腳踩事實，真握真理，膀大腰圓，“才”大氣粗，一再自己打自己嘴巴，都臉不紅、心不跳，都是特殊材料製成。

真正的傳播人，真正的專家學者，沒有本錢、沒有底氣玩這種“走紅”，還是要腳踏實地、扎扎實實，在事實的基石上把握材料的真偽，在真實的基礎上建立嚴謹的判斷和分析，以實事求是的方法和態度來確定事實或現象的真實。

一旦獲得材料，一旦面對材料，首要的工作即是進行材料的證偽與證實。

唯此，才能確保即將建起的理性新聞大廈是可靠的、牢固的，經得住考驗的，而不是築起一座空中樓閣，隨時都有坍塌的可能。

通常容易辨別真偽的現象和材料，本書不予討論，只討論一些較難辨別的現象。

（1）個別的真與總體的偽

1988 年 5 月中旬，一位領導到農貿市場調研，詢問肉價時，攤主回答：“兩塊二一斤”。

不光一問一答的“實錄”很快見諸媒體，又有媒體人以這段問答為基礎、為依據，寫出另一篇分析性報導，結論是肉價“穩中有降”。

結果，報導一出來，市民紛紛打電話質問“兩塊二一斤的肉在那裡”，他們“需要大量這麼便宜的肉”，請那位記者趕快賣給他們。

事實上，當時的肉價已兩塊八一斤。

事情持續發酵，一直擺上人大會議。

問題出在哪裡？

最普遍的猜測，領導人觀察的地點是經過事先佈置的，是一種假像，大家都知道。

又有一種解釋，領導人碰到的攤主，賣的是自產肉，又有點肥，因此要價比較低。

就認識的角度，就算領導人當時與攤主的問答不是虛假的、佈置的，而是真實的、確實碰巧的。

但這個真實的、碰巧的“事實”，又完全是偶然的、個別的！

偶然和個別誰都否認不了！

既然是偶然的、個別的，就不能代表長時間的、必然的和整體的。

就算這個偶然和個別是真實的，也不能判定必然和整體是真實的。

就像蘇俄的列寧說過的：“一切事情都要有它個別情況。如果不是從全部總和，不是從聯繫中去掌握事實，而是片斷的隨便挑出來的，那麼事實就只能是一種兒戲，甚至連兒戲也不如”。（《列寧全集》23卷，人民出版社，1958年版279頁）

因此，就算一個攤主賣的肉是“二塊二一斤”，並不能說明市場上所有的肉都是二塊二一斤，更不能說明所有的物價都是“穩中有降”。

所以，證實或證偽材料的方法之一，就是首先要確實弄清已獲得的材料本身是真實的，從全城、整體上衡量也是真實的。

只有手頭的材料具備整體的、必然的直實性，才可能從中挖掘出可靠的理性新聞和更多有價值的資訊。

（2）事實的真與邏輯的偽

另一種常見的情形是如果孤立地去考察一個個事實，它們是真實的，實實在在的，而當把它們給合到一則新聞當中去的時候，卻大謬不然。

這便是事實的真與邏輯的偽。

這一現象在知性新聞、經驗性新聞中常常不以為然，但在理性新聞中實屬非常重要。搞不清一個事實性材料的邏輯關係及其真偽，絕對不可以此來分析或發現新聞。

下面的報導就是事實的真與邏輯的偽同時存在。

北京人的生活節奏在變快

【新華社北京 11 月 27 日電】新華社記者報導：北京人的生活節奏變快了。過去那種“工作不象工作，休息不象休息”的狀況正在改變。

北京棟棟新樓拔地而起。近五年，全市新建住宅二千一百萬平方米，相當於前三十年所建住宅面積的一半，等於一個舊北京城。

北京街頭，大片土地綠草如茵。全市草坪面積已接近五百萬平方米，比五年前增加了十四倍。

新竣工的北京三元立交橋，是我國目前最大的公路立交橋。這項工程光挖填的土方就達七十一萬立方米，原計劃兩年建成通車，實際只花了九個半月。

基層的工作節奏在變快，領導機關的工作節奏也在變快。過去，北京市處理一些公文，往往要輾轉好幾個“站”，有的在市政府大院“旅行”一兩個月。現在，公文處理的速度快多了。前不久，市政府發佈的一個內容重要的檔，從起草到簽發只用了半天時間。

……

許多家庭備炊時間短了，吃“現成飯”的多了。眾多的熟食品和方便食品進入家庭，上了餐桌。今年頭九個月，全市銷售熟肉食品三千五百多萬斤，相當於 1979 年全年的銷售量。

……

許多家庭開始用錢“買時間”……

可是，“棟棟新樓拔地而起……，大片土地綠草如茵……，九個半月建成三元立交橋”等，能叫“節奏變快”了嗎？

“《效率手冊》空前暢銷”，“一些青年人上班途中和下班後抓緊時間學習”，“家庭縫紉機大部分退居’二線’，成衣銷售量增長迅速”等，能叫“節奏變快”嗎？

“基層節奏在變快，領導機關的工作節奏也在變快”，“前不久市政府發佈的一個內容重要的檔從起草到簽發只用了半天時間”，能叫“節奏變快”嗎？

“節奏”是啥意思？一定時間內某種運動的次數吧。

一個城市花大力氣蓋房子、修馬路，可是不修下水道，一下雨，全城淹水，不提高交通管理水準，白天晚上，馬路就是停車場，城市建設的“節奏”只快了一部分，不是全快吧。

“市政府發佈的一個內容重要的檔從起草到簽發只用了半天時間”，半天就發出一個檔確實夠快，可是在北京上百個機關中占多大比例呀？

文件發得很快，發了白發，沒人落實，變成一紙空文，能代表或證明其它工作普遍都節奏加快嗎？。

每一個分結論已經不能成立，不能充分證明“節奏變快”

這一命題，分結論如何又能證明"北京人的生活節奏在變快"？

根本原因，在於報導中的材料都是局部的、片面的、個別的，而不是全面的、整體的和一般的。

邏輯學上叫做以偏蓋，條件不充分，歸納不完全。

(3) 可比較的真與不可比較的偽

從諸多採訪得來的材料中發現新聞事實中的新聞或新聞事實背后的新聞，需要注意的另一個問題是，運用比較來說明問題時，材料一定要有可比性，可比則真，不可比則偽。

比如，1985 年 3 月，路透社記者自莫斯科發出報導：

官方的新聞社塔斯社說，54 歲的米哈伊爾 · 戈巴契夫今天被任命為蘇聯主席契爾年科的治喪委員會主席。

西方外交官們認為，這件事有力地證實了他作為接班人的地位。

契爾年科曾經擔任過他的前任安德羅波夫的治喪委員會主席。

路透社的這篇報導，運用的是類比推理。

契爾年科曾經擔任過安德羅波夫的治喪委員會主席，後來接了班，當了蘇聯共產黨的總書記。

戈巴契夫又擔任了契爾年科的治喪委員會主席，推論戈巴契夫很可能也象契爾年科一樣，接替逝世的最高領導人，出任蘇聯共產黨的總書記。

兩個材料具有全重合的可比性，說明推導出來的結論是真的，可以預期的。

這就是邏輯學上的類比推理，根據兩種事物現象的相同或相似之處做出推理，結論在很多時候是正確的，可以得到證實的，但不一定每個結論都是正確的、必然的。

表達這種推理時，結論一般不用完全肯定的提法，而是像上述報導，只說："有力地證實了"，而且是引用"西方外交官們"的看法。

相反，下列材料就不具有可比性，貌似真，實則偽。

這是個存在著明顯不平等的國家，在這裡，人們每年用兩億八千一百萬美元購買鐘錶和落地式收音機，而用在殘疾兒童身上的錢，不過一億五千四百萬美元。

乍一看，這個國家的人們一方面追求豪華生活，一方面不照管殘疾兒童。

然而，報導用花錢數量來做比較，得出結論，根本站不住腳。

其一，生活消費與照顧殘疾兒童本來就是兩碼事，不能比相互比較中相互說明，二者沒有可比性。

其二，報導裡沒有買鐘錶和落地式收音機的人數與殘廢兒童的人數。如果殘疾兒童人數很少，買鐘的人數很多，平均起來，花在每個殘疾兒童身上的錢，遠遠超出每個人消費鐘錶和收音機的錢。

其三，照顧殘疾兒童的責任在政府，不在普通消費者。不管消費者如何支配自己的開支，其他人都沒有資格置喙評判。只有把政府公款吃喝、旅行、招待的開支跟撥給殘疾兒童的開支相比較，才能說明問題。

再比如：1985 年職工工資總額預計將達 1380 億元，比 1980 年的 773 億元增加 607 億元，增長 78.5%，平均每年增長 12.3%，大大超過"六五"計畫提出的在物價基本穩定的基礎上平均每年增長 4.9%的速度。

1985 年工資總額中如包括豬肉等副食品價格補貼，預計達 1420 億元，比 1980 年增長 83.7%，平均每年增長 12.9%。

……

1985 年職工平均工資預計將達到 1143 元，比 1980 年的 762 元增長 50%。加上豬肉等物價補貼，扣除職工生活費用價格指數上升因數後，1985 年職工平均實際工資預計為 958 元，比 1980 年的 762 元增長 25.7%，平均每年增長 4.7%。

這兩段文字出自同一篇報導。

“六五計畫”的計畫增幅以“物價基本穩定”為前提，1985 年比 1980 年職工工資總額增幅再大、再多，一定仍然要以“物價基本穩定”為前提。

講計畫的時候有前提，講實際收入的時候不講前提，要是物價很不穩定，上漲的增幅遠遠大於工資實際增長的增幅，人們的實際收入就是下降了，而不是增加了。

沒有同一前提，比較就不能令人信服。

在後一段文字中，有兩個對比數。

第一個數是：1985 年職工平均工資預計比 1980 年增長 50%（如果加上豬肉等物價補貼，增長數會更高）。

第二個數字：工資加物價補貼，然後扣除生活費用價格指數上升因素，1985 年職工平均實際工資只比 1980 年增長 25.7%。實際增長數比名義增長數減少了近一半。

這說明：(1) 五年中物價是變高了；(2) 雖然物價高了，但工資增長高於物價增長，職工實際收入，1985 年比 1980 年增加不少。

把該加的（工資和補貼）都加了，把該扣除的（生活費用價格指數上升因素）都扣除了，做到了“在同一前提下進行比較”。

這樣比，才合乎邏輯、令人信服。

增長率低了些，說服力卻更強。

總之，用比較的方法確定材料的真與偽，一定要做到在同一前提下，在同一環境下，遵循同一個邏輯，一定要具有可比性。

否則，材料就靠不住，報導就是海市蜃樓。

3.3 理性新聞的表現

掌握了真實可靠的材料，並從中發現了新的資訊、新的報導，接下來的任務就是製作和傳播。

如前所述，分析性新聞是高層次的新聞，對傳播人、新聞人來說，普通新聞寫作、節目製作技巧和規律都已較運用嫻熟，不在話下。

比如，敘述事實的技巧，運用細節的技巧，用事實說話的技巧，運用比喻、擬人等修辭手法使新聞形象化的技巧，等等，本書不再贅述。

本節只闡述理性新聞而與傳統新聞寫作技巧和規律不同和相異的問題。

1、運用判斷句式表達中心意思

分析性新聞與傳統新聞文體的最大不同，乃其所表述的新聞事實一般都是尚未充分暴露的，或尚未發生的。

這就決定了分析性新聞的表現及寫作形式有其特殊的規律和技巧。

傳統新聞寫作，最基本的格式是倒金字塔，導語占最突出、最重要的位置，從開頭到結尾主要靠敘述完成。

例子比比皆是，如人民日報漢城 9 月 17 日電，題目是“第 24 後奧運會在漢城開幕”。

導語：“舉世矚目的第 24 後奧林匹克運動會今天在漢城體育中心綜合運動場隆重開幕。當地時間上午 10 點，場中 6 面大鼓驀然擂響，數千隻藍白氣球騰飛上天，場中東南角裝飾成白雲托日形象的世界樹自動解體，露出 10 米高的奧林匹克火炬塔，盛大的開幕儀式宣告開始。”

理性新聞，就其特點而言，它沒有什麼固定的模式，因而有廣義的，也有狹義的，但就其基本形式或曰其狹義而言，在表現形式上還是有自己的特色的。

即：中心意思一般是通過各種判斷和判斷句式表達出來，而不是敘述出來。

伍德沃德

這裡所說的判斷，就是指對元事實與其相關事實關係的意義、關係、狀態、存在的一種斷定，分析性新聞形式上的特徵便由此體現出來。

例子與上述普通報導的例子完全不同。

緬甸沒有政府控制局勢

【法新社曼谷 8 月 28 日電】題：處於中間過渡時期的緬甸沒有政府在控制局勢

此間分析家們認為，緬甸現在處於政府失控，大規模的抗議運動占主導地位，但又沒有一位顯而易見的領導人的中間過渡時期。

本月在全國各地舉行示威的數以10萬計的抗議者中沒有一位鶴立雞群的領袖。分析家們認為，象昂季和昂山素季這些持不同政見者都是群眾背後真正力量——模糊不清的學生組織——有名無實的首腦。

外交官們說，一些秘密的學生委員會似乎在指揮組織良好的集會以及大規模抗議遊行和群眾大會以和平的方式散去。這使得高度集中的緬甸市民在突然沒有了政府的控制和員警的保護的日常生活中，自己起來保衛自己。

接觸到的仰光居民和外交官說，在仰光和其他一些城市，街道治安小組在夜間巡邏，防止盜竊集團進行搶劫。他們晚上在領居地區周圍設置脆弱的竹圍牆，早上就把它搬走。

他們又說，身披紅色袈裟的德高望重的佛門神職人員在治理著緬甸中央平原地帶北端的象曼德勒這樣的大城市，他們時常對所謂行為不端的人立即施以粗暴的處罰。

仰光也似乎處於大體相同的治理之下。一位外交官說："一些地方組織有效地主持著市民的日常生活。"他又說："人們擔心出現無法無天的現象，但是沒有真正出現這種現象。"

緬甸社會主義綱領黨在全國各地的地方權力機構——人民委員會——有的關閉了，有的被抗議者搗毀。

文中除元事實的背景的交待，中心意思及主要的新的資訊都由判斷句式表達出來。如："緬甸現在處於政府失控，大規模的抗議運動占主導地位，但又沒有一位顯而易見的領導人的中間過渡時期""……像昂季和昂山素季這些持不同政見者都是群眾背後真正力量——模糊不清的學生組織——有名無實的首腦。“軍隊經不起再向市民開槍射擊和喪失人民信任了。軍隊內部對於使用用暴力怨聲載道，這已使軍隊內部關係緊張起來”。

注意，整個報導，從頭到尾，很少描述、敘述或者煽情，絕大部分都使用判斷句說明結論和中心意思。

僅僅用“判斷句式的中心意思”表述這一問題可能過於籠統，不易掌握，下面逐一分類討論，以便更清楚地透視各種判斷的用法及其作用。

（1）意義判斷

意義判斷是揭示元事實釋放出來的影響對周圍事物和社會影響的判斷。

這一判斷與形式邏輯中的性質判斷有相似之處。

所不同的是，透視新聞事實時，重點在挖掘事件的意義和影響，這個過程雖然也要把握事件的性質，但不同於認識真理過程中的性質判斷，後者是要從本質上判定事物具有或不具有某種性質。

在這個意義上，要求傳播人、新聞人的思維精度更高、更細。

不光要有學者專家的思維深度和廣度，迅速判斷出某一事物的性質和本意，又要超載學者專家，從事物的性質中迅速把握其指向、意義和影響。

專家學者只需要發現真理、表達真理，傳播人、新聞人還需要指出真理的價值、影響和可能出現的新事態、新問題。

因而，理性新聞的中心意思，用意義判斷的表現手法比較普遍。

如：

【法新社北京9月22日英文電】題：中國“工作會議”暗示要放慢改革步伐

據此間觀察家說，中國高級領導人今天結束了“中央工作會議”，決定在明後兩年中要“整頓經濟秩序”，此話是暗示要放慢經濟改革的步伐。

新華社在報導中說，會議討論了中國的經濟形勢，並“提出了堅決抑制通貨膨脹、深化改革的若干重要政策建議”。

觀察家說，從報導的用詞來看，由於中國要設法對付兩位數的通貨膨脹、擠兌銀行存款、囤積消費品和普遍對經濟不滿等現象，經濟改革的步子要放慢。

中國官方報紙近幾周來一直在報導國家在經濟和社會方面存在的種種困難。官方的中國新聞社昨天說，這些新聞對政府構成了重大危機。

先看標題：中國“工作會議”“暗示”要放慢改革步子。

句式是完全的意義判斷，“中共工作會議”這一新聞事實只充當主語，“放慢改革步子”才是真正的新聞。

謂語用“暗示”，而不是宣佈、或者決定，表示“將放慢改革步子”不是事實，而是對中央工作會議這個元事實的透視。

“放慢改革步子”不是“工作會議”明確提出來的，而是隱含在其內容之中的。

再看導語：據此間觀察家說，中國高級領導人今天結束了“中央工作會議”，決定在明後的兩年中要“整頓經濟秩序，此話是暗示要放慢經濟改革的步子”。

與標題相比，所有內容都是補充“新聞”的根据和事实，增加“新闻”的可信性，客觀性，重要性。

（2）聯繫判斷

仔細分辨新聞事實存在的狀態，就會發現，某個事件發生，除卻本身的意義和影響，也會對直接關聯、以至間接關聯的的事物發生影響。

比方說，電不夠用，受其影響，生產、運輸、人們的日常生活，各個方面都會立即遭到涉及。

這個時候，揭示事件發生的意義、影響、實際上就已經有了明確的對象。

因此，當表達這種狀況的時候，用關係判斷更為經常，更為恰如其份。

所渭關係判斷，即判定事物之間顯現何種關係。

如：理性新聞是關於新聞發生的事實及其聯繫的報導。

哲學是關於世界觀的學問。

這兩個句子中，前者表明事實及其聯繫與理性新聞的關係；後者表明哲學與世界觀的聯繫。

具體到理性新聞的寫作，最有新聞價值的資訊通常都用這種句子表達，其中的敘述只不過提供充當依據。

如：

【美國《紐約時報》10 月 3 日報導】美國認為儘管克里姆林宮改組，美蘇關係仍將保持穩定（羅伯特 · 皮爾發自華

盛頓）

美國官員今天說，他們認為蘇聯對美國的政策不會因克里姆林宮在過去兩天裡領導層的改組而發生任何重大的變化。

這些官員說，蘇聯對美國的政策的主要原則是蘇聯領導人戈巴契夫確定的，從而將繼續下去不會改變。儘管對外交事務和對美國情況很熟悉的兩個人——葛羅米柯和長期擔任蘇聯駐美大使的多勃雷寧——離職了。

國務院顧問馬克斯·M·坎珀爾曼說："蘇聯過去幾年所奉行的對外政策，主要是戈巴契夫的對外政策，是根據他對蘇聯自身利益的看法制訂的。這次新的人事變動很可能加強了他的地位。我認為在推行軍備控制、武器會談政策方面不會有任何變化。"

這則報導表達中心意思的導語直截了當："美國認為儘管克里姆林宮改組，美蘇關係仍將保持穩定"。

美國同蘇聯關係"穩定"，典型的關係判斷。

（3）模態判斷

模態判斷是分析性新聞在表達中心意思時所用的另一種句式。

在兩種情況下它會被用到。

一種是新聞事實的意義、影響、發展趨勢尚不能夠完全確定，只是表現出某種跡象的時候。

一種是新聞事實的意義、影響、發展趨勢十分明確和完全可以確定的時候。

前一種例子如下：

[法新社耶路撒冷 10 月 4 日電] 以色列總理伊紮克 · 沙米爾今天說，蘇聯出現的最新情況可能預示著以色列同莫斯科的關係將會改善。

[合眾國際社北京 9 月 29 日] 中國外長 30 多年來首次訪問莫斯科可能會為中國高級領導人鄧小平，蘇聯領導人戈巴契夫舉行最高級會晤鋪平道路。

日本《朝日新聞》10 月 2 日報導：蘇聯人事變動，保留利加喬夫也許是上策。

三條報導裡，“蘇聯出現的最新情況”(指 1988 年 10 月初出現的葛羅米柯辭職等人事變動)“可能預示著”以色列同蘇聯改善關係，“可能預示著”十分明確，只是“可能”並“預示”，不肯定、不確定，但會“改善”，而不是繼續冷戰。

“中國外長 30 多年來首次訪問莫斯科”“可能會”“為中蘇最高領導之會晤鋪平道路”，又是“可能”，是存在或然狀態的方向和趨勢。

“保留利加喬夫”“也許是”“上策”，“也許”又是不確定的，是不是“上策”，上帝都不知道，也許是下策，唯有未來能夠證明。

未來和預見處於混沌狀態的時候，只具備部分可能的時候，表達這種可能和預見用模態判斷是最佳方式。

既表達了新的發現、新的可能，又留有餘地，留下空間，從而使新聞顯得可信，入情入理。

後一種的例子：

[法新社北京 11 月 21 日英文電] 這裡的一位西方外交官

說，如果農業投資繼續保持在過去這麼低的水準上，那麼任何糧食生產戰略都必定會失敗。

日本《每日新聞》消息：戈巴契夫關於“蘇中首腦會談已不遠”的講話表明，戈巴契夫總書記訪問北京和預料中的中蘇首腦會談肯定已列入近期政治日程。

中國《人民日報》1988年11月30日消息：《我國面臨人才結構大調整》，“種種跡象表明，我國正面臨人才結構大調整。”

這些例子中的“必定會”、“肯定已”、“正面臨”，都是在表示它們所報導的新聞的確定性和可靠性。

這是所要報導的預見和可能基本處於確定狀態的表達方式。

道理很簡單，客觀事物存在著相對確定和相對不確定兩種狀態，表現其狀態的分析報導只能使用兩種模態判斷，才能夠準確表達。

只有正確地、如實地反映事物的模態，才能保證分析性新聞的可信性、客觀性，也才能使分析性新聞具備權威性。

當然，在分析性新聞的寫作中，意義判斷、關係判斷、模態判斷等都是相互依託，相互交叉的。

在一篇新聞中絕不可能只用清一色的一種句式，而是連袂出臺的。

2、中心意思與實事間清楚的邏輯關係

中心意思作為一篇文章的統帥，一般來說比較虛、比較

抽象，無論是揭示一種現象，還是指出事物某種意義、影響、發展趨勢。

新聞靠事實說話，理性新聞也要靠事實證明。

明確了報導所要表達的中心意思，著手寫作理性新聞、製作理性新聞節目時，關鍵就是需要選擇典型材料來說明中心意思。

精准、生動地揭示中心意思，條理分明地闡述各種事實之間正確而清楚的邏輯關係。

事實上，在一則分析性新聞中，主要任務也就是表達事實與結論的邏輯關係。

先從某一個事實和情節或某幾個事實和情節中分析出一個或幾個結論。

如果結論和事實相對比較單純，則事實和結論間的邏輯關係比較簡單，比較容易掌握。

如果事實或情節或背景材料比較複雜，週邊材料挖掘比較深遠，比較充分，就會有小結論、分結論、種結論、總結論，總結論就是統帥所有結論的中心意思，就是一則理性報導、一個理性新聞節目的靈魂。

各種小結論、分結論就是龍，統帥性結論、中心意思就是睛。

畫龍很重要，點睛更關鍵。

“龍”的形態可能這樣構成，事實——小結論——分結論——總結論，甚至事實——小結論——分結論——種結論——總結論。

事實之間，事實與小結論之間，小結論與分結論之間，分結論與總結論之間，從歸納到抽象，每一個環節都不能錯，都必須遵守形式邏輯的推導規則。

常見的新聞報導中、包括理性新聞中，違反形式邏輯規則，出現邏輯錯誤，沒有邏輯關係的現象非常普遍。

從單一的事實中形成單一的結論，或從眾多的事實中形成總體結論，把握其中的邏輯關係是基本功當中的基本功。

報導比較複雜的新聞現象時，把握層次，逐級推理是比較可行的、化繁為簡地弄清邏輯關係的方法。

下面這則報導就很好地運用了這種方法，這則報導曾獲中國好新聞獎。

潛在危險和惡性預兆

——我省生豬生產發展情況探討

生豬是我省一項拳頭產品，其產值占我省農業總產值的17.5%，僅次於糧食而居第二。但是，用有關同志的話說："發生了潛在危險"，"出現了惡性預兆"。

一季度全省豬肉總產量比去年同期減少2.1萬多噸，相當於減少出欄肉豬43萬多頭，下降4.3%。這就是說，肥豬出欄提前。這從一個側面反映了潛在的危險。

問題的嚴重性遠不止此，仔豬價格大幅度下跌，仔豬填欄下降，空欄戶正在增加。養豬專業戶普遍減少，而且生產規模縮小……

駕馭一篇分析性報導，如果把握不住眾多的邏輯關係，即可草擬圖表，羅列出主要邏輯關係和層次，非常有助於結論明確，層次清楚，邏輯關係分明。

在操作過程中，多花些功夫理順新聞事實和分結論、總結論之間的邏輯關係，不僅有助於清楚、明確的表達，還會發現更新的，更有力的論據和論證，甚至發現更精確、更有價值的結論和中心意思。

曾任中共貴州省委書記的栗戰書就發現，“黔驢技窮”的故事，就自相矛盾、以訛傳訛，讓貴州背了1000多年的“黑鍋”。

因為故事的第一句話就說得明明白白：“黔無驢”。接下來的故事也交代得清清楚楚，驢是好事者用船載來的“老外”。不光不是貴州土生土長，遷居到貴州的時間也很短，怎麼會是“黔驢”？

將一頭外來驢冠以“黔驢”，屬於張冠李戴，名不符實。用邏輯常識衡量，叫違反矛盾律，是個假概念。

概念為假，在知識之林就無立足之地。邏輯敲下法槌，權威一言九鼎。

事實上，新聞報導中違反邏輯常識的說法、事實、情節、細節屢見不鮮。尤其是宣傳報導，絕大部分都有這樣或那樣的邏輯錯誤。

而有了邏輯在手，語言不多道理深，分貝不高力道大。既能服人，又能服眾。

3、運用幽默使新聞生動有趣

通常，理性與生動無緣，只要費神思考必然“苦思冥想”。

經過大腦運動生產出來的結論、判斷和觀點都近接“灰色理論”，不光過程生動有趣很困難，結果生動感人也很難。

但是，理性新聞與任何新聞一樣，吸引受眾的眼球又是必須的。

這就要求在表達、表現上多下功夫。

傳統的手法是用情節和形象增強新聞的生動，但理性新聞天然不具備情節和形象的成分。

因此，理性新聞的吸引人只有兩條途徑可循：新鮮的觀點和結論，幽默的比喻或調侃。

觀點和結論新鮮是理性新聞的優勢。

好比一個人問路，感性新聞、知性新聞、經驗新聞等於告訴他剛走了些什麼路，或者走至哪裡。

唯有理性新聞告訴他怎麼走，走向何處以及他所處的方位。

人類是喜歡預知未來、想想未來的動物，所有各類新聞中，只有理性新聞才能滿足公眾這一需求，因此，理性新聞以其鮮明的個性和特色，本身就比"生動感人"更吸引人。

心理規律表明，第一印象給人留下的記憶最深刻。

傳播規律表明，標題是文章的眼睛。

所以，將理性新聞中最新鮮的觀點和結論放在開頭和大小標題上，就最賺人眼球。

例如：

——"要理解為什麼當今白宮的座上客是中國的總理，只要回憶一下沒有任何一位國家總統像尼克森那樣走訪了中國以後，在莫斯科受到了非常熱情友好的歡迎就行了"。

——"在絕大多數方面，黎巴嫩和尼加拉瓜是兩個位於世界不同地區的差別很大的國家，它們有著各不相同的敵友問題"。但是"有一點它們卻半斤八兩"。

——"小時候，父親看著我把一根大木頭搬過屋子而不磕碰傢俱，他不時說，記著，木頭有兩頭。”“看到雷根的白宮試圖安排黎巴嫩和中美洲的前途時，我不禁感到有必要重複我父親的告誡。他們看起來經常瞻前而忘了顧後。”

——“亨利 · 基辛格等了兩年半的電話，這一周終於來了，實際上是白宮在說：亨利，我們陷入麻煩了，來幫幫我們。”

在這些開頭中，作者用了比喻、比較、反差，甚至用了情節來表達他要說的話，妙趣橫生，引人入勝。

有人說，幽默是智慧的遊戲，在理性新聞中用幽默的藝術可以說是理性的昇華。

美國著名專欄作家寫美蘇是否會舉行首腦會晤，用這樣的敘述：

“我們可以預期蘇聯人做出什麼反應。

如果他們接受了雷根先生跳和平舞的邀請，他們當然在政治上給他幫了大忙。

在克里姆林宮的討論中，這必定是反對一起跳舞的主要理由。

雷根的講話是這場舞會的開場式。現在我們正等著看克里姆林宮是否決定跳華爾滋舞”。

真正是話裡有畫：雷根身著夜禮服，面帶微笑向身著白紗拖地長裙，羞羞答答不知所措的契爾年科伸出手去。

兩個超級大國的爭鬥，在領導人的表現中如同少男少女一般，誰看誰想笑。

新聞素材要分析、綜合，按一定的邏輯要求組成有機的整體。

謀篇佈局、述事狀物、材料與觀點、事實與思想、要有層次，作出判斷、進行推理要有充足的依據。

概括必須適當，表達需要明確，條理應該清楚，盡可能寫得生動。

3.4 采寫理性新聞的幾個原則

以上分析表明，理性新聞不是簡單意義上新近發生的事實的報導，而是一種運用理性、審視新聞事實、剖析新聞事實、報導新聞事實中最具本質和影響後果的透視、分析性報導。

因此，在這種新聞的采寫、製作過程中，只有遵循新聞傳播規律，遵循人類認識法則，才能製作出、寫出正確、真實、為公眾所歡迎的、有現實和歷史價值的報導。

1、客觀

對於理性新聞來說，客觀極為重要。

其他各類的新聞要求客觀，是經常被告誡的一句格言，不客觀為大忌。

通常意義上的媒體，要求報導必須客觀，天經地義，無人置疑。

客觀是媒體和傳播人、新聞人公信力的生命線，不客觀就會失去受眾，就像販賣假產品一樣，在資訊市場上遭到淘汰。

媒體和傳播人、新聞人完全可以全面、準確、不偏不倚地知覺或認識一個事物，在這個過程中，觀察者自身的經歷、觀點、傾向等可以全部被排除在外。

在一定意義上，19世紀下半葉盛行的“倒金字塔”式純客觀報導就是這種認識論的一個反映，故而美國有些新聞學教科書把這種報導稱為“客觀報導”。

進入20世紀，“純客觀”受到了挑戰。

美國物理學家小阿德爾伯特 · 艾姆斯指出：“人的知覺過程同時受三方面的影響，他面前的事物，他的期望和設想，以及設想賴以產生的他本身的經歷”。

人的認知過程還受其他三個因素的影響，一是感情，二是情緒，三是人們對觀客事物的認識有個逐步全面、逐步深化的過程。

這些都會影響人對客觀事物的如實認識和把握，絕對意義上的客觀很難做到。

一個悖論由此產生，要求在客觀的傳播活動中融入傳播者主體的理性，又要求這種理性的透視和認識不帶任何主觀色彩。

事實上，這一悖論也是哲學認識論當中的一個難題，是上帝都頭疼的難題。

正因為人類面臨這樣的難題，人類在成長的過程中，進化的過程中，一直在努力解決這個難題。

不解決人類就不能進步，就不能發展自己的文明。

因而總是努力克服自身的主觀因素、感情因素和利益因素，盡最大努力瞭解客觀事物、直面客觀事物，把握客觀事物，適應客觀事物的要求，以完全把握隱藏在事實和現象背後的真理。

解決人類本身需要面對的問題，推進人類文明的發展。

將這一理念和世界觀用於傳播活動，就要求傳播人和媒體盡最大努力，將新聞事實的客觀與自己的主觀認識相平衡。

把媒體作為宣傳工具，把新聞報導作為宣傳手段，以宣傳作為新聞報導使命的“理論”拒絕承認“客觀”的存在。

這一“理論”認為，所有的傳播活動都由人來完成。

人不光是有感情、有情緒的，對客觀事物的認識有過程的。

人又是有階級、有立場的，傳播人、新聞人及其從事的媒體，必然會打上階級的烙印，會自覺不自覺地在傳播中加入自己的立場和傾向，感情和利益。

因此，所有媒體和傳播人都是宣傳工具，要旗幟鮮明地把新聞報導做成宣傳。

就像“法律是統治階級用來壓迫人民的工具”一樣，法律也是為統治都服務的，不是反映社會公平正義的規則和尺度。

理性新聞的主體是對事物的分析、判斷和推理，“理”和分析結果是中心，是所需表達的資訊，“事”在其中處於從屬的地位。

不像其他類新聞表達事實那樣具體和生動，更具主觀色彩，更加概括抽象，表現上更難做到客觀。

其實恰恰相反，理性新聞對客觀性的要求是絕對的、沒有任何疑義的。

首先，理性新聞的理性是獨立的、超然的、以認識事物的意義和影響為目的。

為瞭解事物的真實狀況及其聯繫，它不僅要瞭解事物的部分，也要瞭解其全部，不僅瞭解事物的一面，還要瞭解其另一面，不僅要瞭解事物的本身，還要瞭解一事物與它事物的相互聯繫。

簡言之，理性是在探索一個真實的世界、事物的本相和其中的道理，任何傾向、立場及主觀色彩都與這一特質背道而馳，都會影響理性活動和認識的準確、全面、客觀，以至接近把握事物的真諦。

其次，理性新聞是認識新事實的手段，它的運動結果在於回答新聞事實是什麼，可能是什麼，將是什麼，必然是什麼，或者會出現什麼，不會出現什麼，而不回答應當是什麼，必須是什麼；一定要做什麼，不做什麼，或什麼對、什麼錯。

目的是要給人們提供一個未來可能出現的狀態、傾向、問題……也就是給人們表達一種資訊，供人們參考作出自己的選擇、安排自己的行動，任何超出客觀的因素都有害而無益。

再次，理性在把握新聞事件時遵循的準則是邏輯，重視的是事實客觀的演化，追求的是對事態發展的準確判斷。

這個過程都排斥主觀色彩、傾向性及偏見，只有客觀才能提得到深刻性、獨到性、預見性。

沒有客觀，就無準確的預見性和獨到的判斷。

其中的道理在於，任何新聞事件對於傳播者和接受者來說都是獨立於自身之外的，客觀的。

它們的發展、變化是以事物自身的邏輯為依皈的，事件以外的任何人不管你主觀上願意不願意都無法左右其進程。

因而以主觀想像和偏見代替客觀分析只能滿足于一時的狹隘心理，達到某種目的，而新聞事件本身絕不會因為別人對它帶有偏見的分析就改變自己的軌跡。

帶著有色眼鏡、刻意主觀地觀察事實，分析事實，等於把自己排除在理性新聞的大門之外，一定不會發現隱藏在新聞事實當中的意義和影響，掩耳盜鈴，自欺欺人。

所以，客觀一定是理性新聞的生命線，只有客觀，才能到達理性。

一個最淺顯的例子是，一個人自己或家人、朋友生了重病，幾乎每個人都不想接受這一事實，這就是主觀願望。

但生病本身是一個客觀事實，已經擺在你的面前，確定、確認生病這個認識過程由大夫完成，病人及其朋友和家屬只是直接面對這個認識的結果。

每一個人的主觀願望，都不願意接受生病這一現實，都不願意接受大夫的診斷結果。但客觀現實是不承認生病就意味著拒絕接受治療，讓病人在痛苦中生活、甚至失去生命。

現實生活中，客觀的預見和前景迫使每一個人都拋棄自己的主觀，而遵從強大又不可改變的客觀。

這一社會現象充分表明，某種客觀事物哪怕涉及一個人最深厚的感情、最切身的利益，乃至生命，所有人都會以自己的行動乖乖承認，世界上存在著客觀，存在著一個不以人的意志為轉移的客觀。

如果堅持認為沒有客觀，要麼就是別有意圖，不願承認客觀，要麼就是欺騙自己、麻醉自己，就是“諱疾忌醫”。

哲學中的認識方法是摒棄主觀、接近客觀的最好工具和武器。

形式邏輯更是最簡單、最直接的知識和訓練。

無論人的性格，還是事實發展，還是事情本身，都有其內在和外在邏輯。

一個帶有普遍性規律性的方法，就是從事實本身的邏輯發展中尋找理性的立腳點和客觀的平衡點。

例如：

本報訊 9月以來，匯市跌風迭起。17 日竟一度跌破 8 港元大關。19 日暴跌到 8.35 港元兌 1 美元的新低點。20 日略有回升，21 日又跌到 8.25 港元兌 1 美元。

……

這次港幣大跌具有很大的投機成分。業界人士指出，近日大額的美元買盤很多，顯然不是正常的商業需要。進行這類買賣的主要是一些國際性大銀行，它們不單只在香港市場拋售港元，而且在倫敦和紐約也同樣進行，就連香港當局金融事務司的白禮宜也承認，投機者在外匯市場上的活動已太過份，直接對香港經濟造成損害。

報導完全用事實說話，推理嚴密，邏輯嚴謹，推理之中包含著推理，為形式邏輯裡典型的“複雜推理”。

大前提：港元與美元比價猛跌，可能是美元上揚引起，可能是香港經濟不景氣所致，可能因投機活動造成（文中省略）。

小前提：事實證明，並非美元上揚，因為如果美元上揚，美元對其他貨幣匯價就會上漲（文中略去）。

說明美元對西方貨幣匯價相對平穩。

因此，美元並未上揚。

小前提：事實證明，並非香港經濟不景氣，因為如果香港經濟不景氣，香港貿易就會萎縮，出口額和外資在港投資都會減少（文中略去）。

這年頭七月香港貿易總值比去年同期增加 14%，出口情況日見好轉，外資在港投資續增。

因此，香港經濟沒有出現不景氣。

結論：

（香港報紙紛紛指出）唯一的原因，港幣大跌有很大的投機成分。

證明（1）香港銀行界人士反映……

證明（2）香港當局金融事務司的白禮宜也承認……

這就是事實本身的邏輯力量，也是理性的力量。

如果有了事實，記者發現不了這些事實之間的聯繫，則無理性。

如果沒有事實，傳播人全憑主觀想像，用陰謀論來看待港元下跌，歸結為境外敵對勢力企圖搞垮港幣。

香港當局所採取的措施一定藥不對症，不光解決不了危機，一定又加重危機。

當然，現實世界裡，人們接觸到的理性新聞可能有許多不符合事實本身的邏輯及其意義和影響。

一些屬於傳播人理性不夠、分析能力不強，對事實及其邏輯關係不能準確地認識或把握。

更多地屬於一些媒體和傳播人以傳播之名，行宣傳之實，把新聞報導當作任人打扮的小姑娘，說不說，說多少，怎麼說都由主觀決定。

不是睜著眼睛說瞎話，就是鬧大笑話。

例如：

美蘇裁軍談判是否出現轉折

××× 電　在最近結束的美蘇第五輪日內瓦軍備控制談判中，蘇聯提出了一項新的裁軍“中間方案”。一向對蘇聯建議持否定態度的美國，這次公開表示歡迎……

蘇聯的“中間方案”不再完全反對美國進行“星球大戰”計畫的研究工作，不再堅持“可打到對方的中程核武器”必須與戰略核武器一起裁減，從而向美國的主張靠近了一大步……

但是，美蘇裁軍談判將繼續充滿激烈的討價還價，轉折性的變化近期內難以出現。

報導中所說的“近期”非常含糊，貌似留有餘地，實際不知所雲。

因為以蘇聯為代表的社會主義陣營與以美國為首的資本主義陣營從冷戰升級到核打擊一觸即發，四十多年積累的敵意，多長時間不再相互為敵就算“近”？

以月計？以年計？三年？五年？

事實上，1986年開始談判裁減，1987年，裁減已經開始，一年解決四十年的積怨，不僅僅是什麼“轉折性的變化”，而是具有歷史意義的大轉折。

報導顯然充滿酸葡萄心理，故意誇大美蘇之間的矛盾，貶低蘇裁減核軍備的意義。

近20年後，美國發動擒殺薩達姆的第二次伊拉克戰爭，某些所謂的“將軍”、“磚家”又“英明預見”，美帝國主義會陷入伊拉克人民戰爭的汪洋大海。

結果眾所周知，美軍只用一個星期的時間，就乾淨利索全面達到戰爭的目的。

將軍、“磚家”的預言，都成為全世界的大笑話。

更好笑的是，這些將軍、“磚家”明明已經自我掌嘴，洋相百出，還不知羞恥、繼續在媒體上裝權威、當預言家。

2、全面

同“客觀”一樣，全面是理性新聞寫作的另一個重要原則。

所謂全面，就是要報導和顧及新聞事實各方面的主要聯繫，要多角度、全方位把握事件本身的各種關係及其與外部的聯繫。

攻其一點，不及其餘，只講一方面，不講另一方面，或者只講一部分，不講它部分，都是宣傳和輿論攻擊，不是本來意義上的傳播和報導。

與客觀一樣，全面在宣傳統帥新聞、有輿論導向的地方事實得不到承認。

感性新聞、感情新聞和知性新聞，雖然也講全面，實際上卻全面不起來。

因為感性的東西是新聞事實直觀的、表面的反映，新聞事實背後的、深層的信息無法反映出來。

感情新聞是借用報導對象（人物、事件）去表達某種情感的，天然就帶有感情。

經驗新聞亦然，先天就規定介紹經驗。與經驗相對立的教訓當然就被排除在外，而事實上，任何事情都是經驗教訓並存的，既然是只取其經驗加以報導，而不考慮教訓會帶給人帶來什麼後果，全面也就不存在了。

對知性新聞來說，知性本身就不是完全全面、辯證的思維，故而處在這個層次的新聞當然也不可能做到徹底的全面。

因此，全面之於理性新聞有著重要而獨特的價值。

第一，理性新聞之理性本來就是辯證的思維，它要求全面地把握被報導事物內部及外部的聯繫，以從這些廣泛的聯繫中發現帶有規律性的東西。

將理性思維運用於新聞的發現、寫作，也就必然要求這種新聞所反映的事物是全面的。瞎子模象別說摸不到大象的全貌，更不能描述大象的特徵、能耐、習性及其在動物界的地位，將其馴化為人類使用根本沒有可能。

第二，理性新聞從本質上是發現事物聯繫的報導，而不單純報導事實本身。

而聯繫，必定又有多種聯繫，而不止一種聯繫。

聯繫的各維和各面，以及每一部分都是與所報導事實相互制約、相互影響的。

因而要明確地把握新聞事實與其它事實之聯繫，也必須全面地把握事物。

第三，理性新聞不僅僅要報導新聞事實的發生，還要報導它存在的意義，它對周圍事物的影響，它的發展趨勢，也就是要對新聞事實的這些方面作出判斷。

要力求判斷準確，因為準確才有新聞價值，而準確的前提便是全面地瞭解、把握新聞事實。

如果是片面的，只見樹木不見森林，作出的判斷肯定大謬不然。

"全面"實際上分兩個層次，或曰兩個階段。

其一是收集材料的全面。這個階段不全面，發現的新聞事實很可能是片面的、局部的、根本不是事實的本來面目，因而極可能是無價值的。

其二是表述的全面。這是將發現的新聞恰如其份地表述出來，取得讀者信任的顯現過程。

這個階段，做不到全面，報導就會缺乏說服力、吸引力、權威性。

兩個階段相比，收集材料的全面重要於寫作表述的全面。

前者是根，是本，後者是表，是末。

但前者又通過後者與受眾見面，因此如何取捨、拿捏、概括、描述掌握的事實和材料，表達、表現的功夫又不亞於採集材料的重要。

否則，茶壺裡的餃子再豐富好吃，吃到消費者的嘴裡，餃子很小很乏味，就事倍功半。

收集材料的全面，包括收集核心材料、週邊材料和相關材料，以及核實、印證材料中的細節，背景等等。

表達的全面就是盡可能地將已經發現的具有報導價值的聯繫或判斷，用相應的結論和材料，嚴密、精確的陳述並加以證明。

所有小結論、分結論、總結論、直至中心意思，都必須有相應的材料支撐，不可偏頗或失重。

例如：《某國央行正陸續失去對信貸供應的控制》

由於經濟改革，某國央行——在陸續失去它對這個國家金融部門的控制。特別是在過去兩年，這種現象變得越來越突出了。流入官方控制以外的經濟中的大量貨幣造成數以百計的未經批准的私人放債者和外匯交易者與指定的國家一級和省級銀行、地方金融公司和信貸合作社並存的局面。

另外，在中央和地方一級一向存在的對信貸分配的政治干預，意味著中國人民銀行對中國指定的金融機構的控制權有限。兩個因素加在一起造成中央銀行在管理上只能執行今年 9 月發出的限制發放貸款的命令。

……

雖說興辦任何金融企業都需要經中央銀行批准，但是這一中央銀行已不能夠實施它的控制。一般說來，它把實際監督工作交給它的分行和支行行長們去辦。分行和支行行長們會感到照當地省當局或市當局領導的意志辦較容易些，因為他們對未經批准的貨幣市場總是持容忍態度。

……到今年 9 月，中央銀行下令停建新的非國營金融機構的時候為止，今年已批准成立 250 家金融機構，截止去年年底經批准成立的有 450 家。

世界銀行代表處的彼得 · 哈樂德說，它在監督方面很落後，因為所有指定機構只需報告與存款有關的貸款額，而不需要報告哪些公司貸款。

哈樂德說："缺少在所需技能方面受過訓練的人員也是一個原因。"

這則報導中，新聞價值就集中在標題裏。

①中央銀行失去對信貸的控制；

②這個失去是正在進行著的；

③這個失去尚不迅速，也不是面積很大的。

在證明"失控"時，報導既用了官方的材料，如"執行今年9月發出的限制發放貸款的命令"，也用了民間的材料"那些地下金融機構在一些經濟特區和一些沿海城市特別活躍"。

既用了銀行努力工作的材料，又用了這種努力在體制的制約下不起作用的材料；既用了"在第三世界算是最完備的銀行統計報告制度"的材料，又用了"缺少在所需技能方面受過訓練的人員”這樣的材料。等等。

這些材料共同證明一個總結論，從而使結論立之有據、令人信服。

值得注意的是，全面和抓特點並不矛盾。

這裡說的全面是指收集材料、看問題、分析事物、形成結論的全面，而不是面面俱到。

面面俱到是指表現新聞的手法，抓不住事物的特點和主要矛盾，而是眉毛鬍子一把抓，把新聞寫得像流水帳。

前者是可取的，後者是不可取的。

3、公正

公正的反面是持有偏見。

要求采寫理性新聞時遵守公正的原則，也是力求理性新聞的準確、可靠、可信並建立權威性。

比起客觀和全面，公正在宣傳主導、輿論導向的地方向來認為做不到、不存在。階級利益和集團的存在決定了輿論有傾向性。

傳播人既然是社會生活中的一分子，社會上的人又是分為階級、階層的，所以通過人的大腦運動寫出來的新聞必然帶有他個人所屬的階級性或傾向性。

因此，宣傳紀律向來直言不諱地要求，輿論導向要有立場。

這種傳播觀、宣傳觀源於一定的意識形態，傳統久遠，基礎深厚，影響很大。

感情新聞、經驗新聞與其在邏輯上、實踐上都是一致的。

一個社會的構成，有階級的分野，也有階層、職業、社會地位的區分。

社會的正常運轉通過各種力量、諸多因素相互作用、相互制約。

傳播人、新聞人作為一種社會角色，處在一定的階層、階級當中，又處於資訊傳播的中樞。

一個正常的社會，賦予傳播人、新聞人記錄社會、溝通社會的權力，有些地方叫作話語權。

這種權力來自社會分工，面對社會和公眾服務。

權力的使用，生產的產品，每一件都需要社會大眾檢驗、事實和結果檢驗，不恪守公正的原則，如實傳播公眾所需的資訊，就沒有存在的價值和地位，經不起時間的考驗。

在權力掌控傳播和新聞的社會環境結構中，傳播人、新聞人都不得不用符合權力的要求和視角發現新聞，剪裁新聞，製作新聞。與"客觀"、"全面"這些原則一樣，"公正"也沒有存身之地。

例如：

人狗之間

"一幅推銷狗餅乾的廣告寫道，"鬆脆又耐嚼的餅乾，正好適合狗的牙齒和胃口。餅乾包含如下成分以增進健康：小麥、魚肝油、肝、魚、 肉，以及富有營養的脂肪"。……

一個工人的妻子海倫 · 馬甯，向我傾訴過她的愁緒和煩惱。她說："孩子們正在發育，他們應該吃一點水果。但是我買不起，橙子要四個半銅板一隻！"……那麼這些材料是怎麼來的呢？作者自己寫道：

"我初到倫敦的時候，看到那些孤高沉默的'西倫敦人'，牽著狗散步，抱著狗接吻，感到十分厭惡。東倫敦的碼頭工人，中午就在人行道上打開飯盒，吃幾塊“三明治”。英國的紳士們卻在大擺禽獸宴，把狗、貓、驢、猴子、鸚鵡，甚至鱷魚，帶到大餐桌旁，替它們披上雪白的餐巾，大嚼烤雞和牛排……”

無產階級祭拜的革命導師卡爾·馬克思有金句：“可憐的狗啊，人家把你當人看呢。”

這篇報導就是這一金句的詳盡版和顯微版。

報導中敘述的現象都是事實，人人都能看到。

然而，這些現象和事實不但不是倫敦和“西方”的專利，更不是“資本主義”的產物和結果，東方詩聖杜甫同樣有金句：“朱門酒肉臭，路有凍死骨”。“朱門”的花天酒地、東方的貧富懸殊，不但程度更強烈、時間更久遠，而且與“資本主義”沒有半毛錢關係，全是一個人說了算的“秦法政”的產物。

“朱門”的狗不是老爺、太太的寵物，沒有享受倫敦那些狗狗的關愛和照顧，卻享有東方特色的耀武揚威和仗勢欺人，不但沒有倫敦寵物狗的“可憐”可愛，反而盡顯“朱門”狗的醜惡和狠毒。且不說“朱門”妻妾成群、三宮六院，而“賣炭翁”、“凍死骨”可能終其一生。連“莎士比亞”都沒見過。

把某種社會的某種現象和“特色”，擴大成某個社會的普遍問題，“提拔”到某個主義的意識形態高度很容易、很能蠱惑人心，但經不住邏輯的裁判、經不住時間的考驗。

很多年以後，這篇報導描述的景象不但在倫敦依然存在，而且成為東方“盛世”的街景和常態，成為同一家媒體謳歌、讚美輝煌成就之一。

昨日非，今日是。別人家的景觀就是黑暗，自己家的景觀就是光明。自打嘴巴，自我拆臺，自毀生命力、公信力、影響力。

所以，公正，只有公正，才能發現並撰寫出有生命力、公信力、有影響力的新聞。一般新聞需要公正，理性新聞更需要公正。

就算宣傳新聞，公正、客觀、全面，也最有說服力、影響力。

如前所述，理性新聞的新聞價值常表現在事實之間的聯繫上，在對事物的判斷上。

這個過程中如果帶有偏見，作出的判斷和發現的新聞一定有欠正確，不能接近事實的原貌。

公正主要是指採訪材料、觀察事物而言，是指記者報導新聞的目的而言。

要做到公正，從技巧上說比較容易，從理念的堅持上說，比較困難。

其中的關鍵在於傳播人、新聞人要有主體意識（詳見下章第一節），要有清醒的理性。

報導中公正的例子不勝枚舉。

1988 年 10 月英國《每日電訊報》記者格拉漢 · 哈欽斯到中國訪問，中國一家很有影響的大報總編輯會見他。

寒喧中總編稱自己讀過哈欽斯關於中國的報導，稱讚哈欽斯“比較友好”。

哈欽斯聽了沒有反應，也沒有感謝主人的稱讚，反而趕忙反省和更正：“我是個記者，我的報導應是盡力做到準確、公正，而不應是’友好’。如果報導對象感覺友好，那一定是我的報導不好！”

哈欽斯的澄清，道出新聞傳播的一個基本守則——“友好”、“敵意”，不是報導內容應有的取向和姿態。

反之，以這種角度評價新聞報導一定錯誤地理解了新聞報導的功用和使命。

只有從宣傳的立場、從鬥爭的立場，才會把一篇報導或一家媒體分為“友好”或“敵對”。

哈欽斯言行一致，採訪有關領導人一點也不“友好”，一上來，就詢問當時舉世關注的某個重要會議的情況，繼之以最敏感的問題發問。

接著又拋出一連串突如其來的問題——物價改革、首腦會晤、領導人之間的比較評價以及被訪者個人的改革取向等等。

全部問題中的七成都單刀直入、不太“友好”。

“我是記者，抓新聞是記者的天職。問不問在我，答不答在他。他可以不答，不過，那樣的話，我的報導中又多了一層新聞：某某某拒絕回答什麼什麼問題。這樣只會對接受採訪者的形象不利。”

“他（指被採訪的那位領導人）低聲細語，輕鬆自如，顯然高興談論許多問題。”

哈欽斯後來在他的報導中這樣寫道。

理性新聞的採訪寫作，就要有這樣的公正意識，不“友好”，也不懷有“敵意”，不要雞蛋裡面挑骨頭，也不要“豔若桃李，美若乳酪”。

2004年臺灣總統競選，本書著者發表署名評論“無能對白 益顯無能”（《人民日報》2月18日）就嚴守公正原則。

摘要如下：

臺灣的許多事情，都亦步亦趨效法美國。

包括選舉時間的確定，都以某月某個星期六為准，而不是某月某一天。

因此，2000 年的選舉為 3 月 18 日，今年則成了 3 月 20 日。

選舉主角格調之低，可謂棋逢對手，給所有類似的選舉墊底物盡其用。

真正就政見講究邏輯辯出個是是非非來，也正好半斤八量，誰比誰強不了多少。

唯一例外是指責對方無能的時候，都能一針見血，擊中要害，很有能耐。

比如，一個說，他只當過市長，沒有當過“總統”，所以不會當“總統”；一個說，他什麼都當過，但就是沒有當過“總統”，所以不能當總統。

一個說，他只會搞選舉，不會搞經濟，所以把臺灣經搞得不景氣；一個說，他只會做官，不會幹事，他當了那麼多官，從來就沒有幹出個樣子來……

有人戲謔說，不僅這次選舉，包括上次選舉在內，他們說的話不計其數，要說有哪些話真正道出了真相，值得人們相信，大概也就這幾句。

不幸的是，就這幾句還算正確的話，卻破綻百出，立論無基。

須知任何人在擔任一個新的職務之前都不曾但任過這個職務，都不會有新職務的經驗，以此推論，就沒有人有資格擔任新職？

至於政績大小，也要參考當時的背景與環境，不能只見樹木不見森林。

所以，這些說法都推導不出有能與無能。

事實上，一個政治領導人的能力包括，對自己所處社會面臨問題瞭解和解決的能力，對社會未來發展和設計的能力，吸引追隨者為共同理想奮鬥的能力，讓公眾相信自己政見和主張的能力，

說服選民投票給自己的能力，將宣導的政見和主張付諸實施的能力，處理社會危機的能力，以最小社會成本求得最大公共效益的能力。

尤其是社會成本的計入，已成為現代政治學衡量領導能力的首要尺度。

只誇成就不算成本的政治領導人，如同只管產出不論效益的企業管理者，都是要大打折扣的。

簡言之，誰能讓人民物質和精神都付出更少、收益更多，誰就能力越強。反之，就是無能。

用佛蘭克林 羅斯福的心得，你得讓人民高興才行。

以是觀之，臺灣搶“大位”的競爭者連政治領導者能力是什麼都不甚清楚，居然敢爭搶最高權力交椅，敢信誓旦旦說自己最合適領導臺灣人民，實在是不知天高地厚，直視臺灣 2300 萬同胞無有知之人矣。

為蒼生計，為自己臉面計，最好還是趕緊打住，讓真正有能者領幾年風騷。

他和需要主人的奴隸不同，他要學會自己管自己。

——卡爾·馬克思

我過著兩種人的生活，一是學者，一是報人。這兩種生活互為補充。哲學是我撰寫專欄文章貫穿其中的一條主線。寫專欄則是我檢驗哲學並使其具體化的實驗室或臨床課。

——沃爾特·李普曼

第 4 章
理性緣何溶入

以上章節，從內容到形式，從特徵到內涵，從前人的實踐到成功的示範，從總體把握到采寫製作，總結探討理性新聞的基本問題。

又多方面、多維度從理性新聞內在的聯繫與其與外部的各種聯繫中總結探討了其必然性、規律性，對理性新聞有了全方位、多角度的認識。

這個過程，理性新聞都是認識的對象、研究的對象。

理性的主體、理性新聞的主體——人、傳播人、傳媒人、新聞人，都區隔開來，暫時置於認識的視野之外。

事實上，新聞報導和節目是傳播人寫出來、製作出來的，在報導和節目中融入理性，讓一則報導和節目成為出類拔萃的理性新聞，傳播人居中起著決定性作用。

正是在這個意義上，傳播人的思維訓練、理性水準和責任意識、使命意識等精神追求就成為出產理性新聞的先決條件。

從而，以傳播人為對象，探討、檢視其認識能力、思維水準、知識結構，就成為必須且重要的任務。

本章進行的正是這一工作。

4.1 理性新聞與傳播人的主體意識

意識的涵義在《辭海》裡有兩種解釋。一是覺察，二是哲學、心理學上所說的反映。

馬克思主義哲學就是在後一種意識上使用這個概念。

其完整表述是，意識是客觀世界在人們頭腦中的反映，是人腦的重要機能和屬性。

而人腦、頭腦，指的又是有認識和實踐能力的人的大腦。

因此，人的主體意識就是指主體對自身地位、價值、作用和能力的認識，是對自己在客觀世界中主體性的自我覺悟。

依照主體意識的本來面目，將其納入新聞活動之中，即有了對主體意識的限制，這就是新聞活動的主體意識。

這個新的範疇，邏輯地展示如下內容：

①新聞活動的主體意識是新聞活動中的人對自身在新聞活動中價值、地位和作用的認識；

②新聞活動的主體意識是人們對新聞活動與自身關係的認識；

③新聞活動的主體意識是動態的。

東漢哲學家王充的《論衡 · 寡知》裡說“眾人闊略，寡所意識，見賢良之名物，則謂之神。”

這裡的意識就是作為動詞的意識。

恩格斯也指出：“意識在任何時候只能是被意識到了的存在。”

故而，新聞活動的主體意識是人對自己在新聞活動中主體性的不斷肯定和體驗。

胡适之的学人主體意识
空前绝后

由於人在新聞活動中所處的位置不同，主體意識呈現為兩大主體群。

一是傳播人群體，包括專業媒體、人和眾媒時代的個體參與者。

二是接受者群體，包括所有接受資訊的人們。

接受者群體又分為兩類：

一類是直接從他人口耳相傳的方式中直接獲取資訊的人群，包括近現代以來從報紙、電視、廣播，以至新興的網路、手機等新興媒體中獲知資訊的群體。

一類是從這三種管道中獲知新聞資訊的專業傳媒人自己。

當然，傳播人與受眾區分只是理論上的概括和歸納，在實際生活中人人都是傳播者，人人都是接受者。

這就是人類社會資訊流通的原生態。

與經濟生態、政治生態一樣，

資訊傳播和流通服從、遵從原生態也是衡量一個社會文明程度的標誌。

一個商品自由流通、公共權力自由競爭的社會，資訊傳播也一定暢通無阻、豐富多彩、五花八門。

傳播人一般都具有傳播活動的主體意識，明曉自己的使命就在於將社會變動、自然變動、社會公共事務中最有新聞價值的消息傳播給受眾，把受眾對這些變動和事實的看法公佈出來。

他們有權力傳播什麼，不傳播什麼，怎樣傳，傳給誰，也有權利選擇公眾的意見和看法予以傳播。

傳播者的出發點是受眾需要，實施權力的基準是新聞價值。權利的限度是法律、原則和紀律。

傳播人也清醒地知道自己同受眾的從主關係。

明確“對報紙來說，讀者是它的主人；對廣播電視來講，聽眾和觀眾是它們的主人，我們的新聞工作者都是為人民服務的。”

傳播人也根深蒂固地以為反映社會輿論是自己的“天職”，是對受眾主體權利的尊重。

說到底，傳播人的“天職”是由社會分工決定的。

傳播人的衣食父母是資訊市場，是公眾對資訊的需要。

傳播者的社會價值和責任，就在於向受眾傳遞資訊。而且資訊真實的而不是虛假的、正確的而不是歪曲的、公正的而不是有偏見的、全面的而不是片面的。

反之，便是濫用傳播權利，對受眾、對社會不負責任，侵犯受眾的主體權利。

與此同時，傳播人也有責任真實全面地反映社會輿論，維護真理、正義和法律的尊嚴。

傳播人或傳播媒介如果在大是大非面前，在對真理、正義和法律進行歪曲、踐踏的時候保持沉默，甚至屈從於邪惡勢力，為違反受眾意志的行為張目，那就是對受眾主體權利包括自身權利的極大侵害。

按照這種責任，傳播者的一切行為最終都在受眾面前得到評判。

即是說，傳播者要對受眾負責、對社會負責，即所謂社會責任感，而不是像封建統治階級那樣對權力負責。像資產階級那樣對金錢負責，像教條主義者那樣對書本負責。

就每一條新聞的傳播、某種社會輿論的反映來說，傳播者對事實負責，對法律負責，而不是對某個人或某個指示負責。

傳播人具有了傳播主體的意識，必然反映在他的傳播活動中。

採訪、寫作、製作報導時就會用自己的眼睛去觀察生活，用自己的大腦去思索生活。擺脫急功近利，衝破解釋論證。

“像政治家那樣懷著社會責任感的衝動，同時對現實的政治進程保持審視的眼光。”

《中國農村變革大趨勢》是當時影響很大的報導。報導的作者回憶其采寫過程：

“農村改革作為整個中國改革的突破口，成績巨大，世所共睹，但是，自從農村進入第二步改革以來，由於種種原因，碰到許多難以一下克服的問題……我們力圖通過《中國農村經濟變革大趨勢》，反映中國農村社會中不斷向前滾動並不為一時形勢好壞所左右的機制性變化。

"這種變化，有著不可改變的規律性，如農民的地位和所面臨的環境的深刻改變，在鄉鎮工業發展中起到關鍵作用的優勝劣汰，市場在社會和經濟發展中日益重要的地位，多樣化正不可抗拒地成為社會經濟生活的主流等等。

"而這些變化，比農民多了幾元人民幣收入，多蓋了幾間新屋，比多產一些糧食，多產一些魚蝦，意義要大出千百倍。"

記者從現實出發"力圖反映中國農村不斷向前滾動的機制性變化"就是主體意識在起作用。傳播人的主體意識還表現在"寧願用不夠準確的語言去表達一個新趨勢、觀念和社會現象，也不願用無懈可擊的語言去表述眾所周知的事實"。"還擔負起社會思辨和社會認識的功能"，報導這些"經過理性過濾的事實"。

反之，一個社會只要有人自外於傳播流程，控制資訊流通傳播，阻礙資訊流通傳播，資訊傳播的主要形態就完全變形。

表面上曲扭為掌握公共權力的最小群體成為傳播主體，而其他所有公眾都成為接受主體，包括專業傳播者，也只是這個傳播主體的工具。

傳播者整體上不再具備傳播主體的功能和能力，也註定喪失傳播者的主體意識。

但是，總有一些新聞人在某一時空、某一問題、某一機會，能夠運用理性思維、發揮理性作用，采寫出穿越時空的理性新聞。

這種新聞，因為稀少，尤其珍貴。

4.2 理性新聞所要求的思維方式

理性新聞是揭示新聞事實意義、影響和發展前景的新聞。

傳播人面對新聞事實. 只有通過理性的運動, 去分析, 去發現, 才能使其轉化成新聞報導。

正是在這個意義上, 理性新聞是理性認識的產物。

從而, 理性思維就成了新聞事實轉化成為新聞的仲介。

即: 新聞事實——理性——理性新聞。

對於理性思維的基本規律, 我們已在理性新聞的要義一節做了闡述。

本節的中心問題是, 如何使理性思維在新聞實踐中增加理性的思考。

從思維形態入手, 有四個努力的方向。

1、跳出重形象思維的窠臼, 轉變為以抽象思維為主、形象思維為輔

東方傳統新聞寫作方式和寫作理論對形象描述十分強調, 越形象的新聞作品和節目, 越是受歡迎。

新聞人都夢想自己有一支生花妙筆, 傳播人拿個學位大都歸類于文學。

以真實為生命、以準確為天職的新聞報導常常與以虛擬想像誇張為生命的文學作品比身價, 比美醜。

人們總是本能地相信自己的視覺和直覺。

大文豪林語堂總結很到位: “中國人又總是用感情來思維,

很少用理性去分析。”（林語堂《中國人》第213頁）

事實上，現實生活、某個事件中的某種現象、某種趨勢、某種意義、某個觀點、某個結論、某種影響，形象思維只能看熱鬧，根本看不出名堂。

只有抽象思維、理性思維、分析性思維，才能發揮作用。

才有能耐在傳播領域、傳播世界一展身手，承擔資訊流通的社會功能。

減少人們當下和未來的不確定因素，最大可能地為人們提供把握當下、預知未來的判斷根據。

因此，傳播人、新聞人要成為王者，必須具有抽象思維的能力，才能以理性面對大千世界紛紜複雜的變化。

真正的無冕之王，都是傑出的思想家，就是最好的說明。

二十世紀八十年代擔任人民日報副總編輯的范榮康就指出：

“現在這種報導（指經過抽象思維的理性新聞——本書著者注）很多，明顯地能感覺到記者的思考。這種報導的材料不要求記者苦心捕捉細節。

“過去我們記者有抓細節的功夫，連採訪對象倆口子說了什麼都知道，從地裡回來老婆做了四個菜，連菜名都點得出來。

“細節細到這種程度．採訪是很困難的，人家認為你是神經病，你要幹嗎？

“兩三年的事了，那天晚上颱風還是下雨，誰記得那麼清！

“其實你花這麼大功夫挖它，還不如考慮他的舉動、行為是在一個什麼樣的文化歷史大背景下產生出來的更好些。”

范榮康所說的“抓細節”就是形象思維處理報導對象的一個經典。

要求抓細節的目的是要“塑造”高大豐滿的英雄形象，栩栩如生，光彩照人。

所以，“抓細節”是寫感情新聞的基本功。

抽象思維雖然也注意新聞事實發生的細節，但是注意細節的目的不是為了去描述它，用它來刻畫某個形象，而是注意細節中所包含的有重大意義的資訊苗頭或證據苗頭。

就是范榮康先生所說的“思考他的舉動、行為是在一個什麼樣的文化歷史大背景下產生出來的”，就是要求運用抽象思維。

將你所要報導的物件放在整個文化大背景下去思考，就要分析、要綜合、要判斷、要推理，這些過程正好都是抽象思維的要素。

美國記者愛德格·斯諾的《西行漫記》，讀起來像一部中國共產黨領袖們的群雕，形象、生動、立體。

作者自己說，他要研究的是這些人物與中國革命的關係，是要弄明白共產黨的生命力何在。

所以他一到陝北，“腦海中就進行著各種各樣的對比，判斷”，“以歷史學家的鑒別力，向毛澤東提出許多問題”。

“對那些新穎、激越的感想輾轉忖度，與我一直討論到深夜。”

換言之，斯諾在陝北重視的並不是誰的形象，而是他們打算幹什麼，形象地描繪的這些血肉之軀正是為表現斯諾對中國共產黨發展前景的判斷和思考。

其思維活動不是形象的，而是抽象的。

形象只是表達時加以使用。

事實上，形象思維是審美手段之一種，是要按照美的規律塑造美，以調動人們的感覺器官去感受，去欣賞。

將這種思維運用於新聞采寫，於發現新聞顯然沒有多少意義，只是在表現新聞上有它的價值。

發現新聞後，表現新聞是重要一環，在這個階段，調動形象思維會增強新聞的可讀性和趣味性，從而更好地將發現的新聞傳播給公眾。

就是說，重大新聞的發現，有價值的新聞面世，都是抽象思維思考出事物的真相、特徵、規律、意義及可能的發展和影響。形象思維只是表達、表現的需要。

新聞報導和資訊是發現的藝術，采寫階段由抽象思維主導。

表現只是形式和風格，形象思維可以在撰寫、製作階段派用場。

2、不僅要會封閉式思維，更要會開放式思維

封閉式思維這一概念在以往的寫作理論中並未出現。

只是在事實上，在傳播受到嚴格控制、新聞報導服從宣傳的地方，傳播人和新聞人都有意無意地“非禮勿聽，非禮勿視，無禮勿動”。

按照有關要求發現典型，挖掘典型，“用一滴水反映出太陽的光輝”。

一旦受到太陽光輝的照耀，傳播人新聞人收穫的不僅僅是名譽，還有地位和實惠。

識時務者通常都會要求自己按“上頭”某一精神思維，絕不“胡思亂想”，就是所謂的吃透上頭。

將思維緊緊局限在“上頭”的精神之內，圍繞“上頭”的精神去尋找能反映這種精神的人和事，就是所謂的吃透下頭。

吃透下頭以後，就是發現符合上頭精神的人和事，從中挖掘反映上頭精神的“閃光點”和“太陽的光輝”。

然後把這種典型和經驗報告出去。

整個過程，所有思維運動，必須始終圍繞上頭的精神“運轉”，完全是封閉的、內向的。

思維運動的結果，是把某個抽象的觀念和要求，變成了一個具象的、有形的、生活當中的人和事。

全世界發生的新聞事件再多、再五花八門，歸納起來，就那麼幾種。

自家的領導人都很忙，自家的人民都很幸福，其他地方不是災難和醜聞，就是水深火熱，民不聊生。

不管媒體有多少種、多少家、媒體上的內容大同小異，主旋律完全一樣。

新聞不新不要緊，媒體不吸引人不要緊，要緊的是不能胡思亂想。

這是新聞宣傳化形態下沒有選擇的思維方式，也是所有宣傳工作者必須追求的思維方式。

所謂開放式思維，即記者采寫新聞時不抱任何定見，以孩童般陌生的眼光去觀察世界，思考人的活動，事件和發生。

對新聞事件從不同的方向、不同的角度、不同的思路去考察、把握，並隨時不斷與外部交換資訊，調整對事物的認識，然後得出自己的結論。

既敢於否定別人，也敢於否定自己；既敢於否定現實，也敢於否定傳統。

唯一尊重的是事實，事實的意義，事實的影響，事實的發展趨向。

例如，關於災難報導，封閉式思維只能報導災區人民怎樣在政府的領導下，重建家園，恢復生產，官員怎樣帶頭同災害作鬥爭等等。

而開放式思維一定要多問些為什麼。

究竟是天災的成分多？還是人禍的成分多；災害是否可以避免，是否可以減少？

造成的損失究竟有多大？本地以及其它地方的經濟、社會生活將遭受多大程度的影響？

災害給當地人們的生活帶來何種變故？人們需要解決哪些困難？

題目可以不下數十種。

1987年中國大興安嶺發生火災，《中國青年報》系列篇“三色”就是這種思維的產物。

再如：寫出《鑲玻璃的小夥——辛福強》的記者，一年後又寫了《福強玻璃店的新主人》的報導。

在這篇新的報導中，妹妹“披肩髮，深米色西服、時髦的眼鏡”，“用工具適當收費，有償服務”，而不是哥哥“總是穿著落了補丁的藍布褂和打了補丁的大頭鞋”，“經常提供無償服務，崇高境界”。

一個玻璃店出了兩條新聞，兩條新聞反映了1980年代，從“無私奉獻”到商品經濟的時代轉型中，中國社會的變化在一個家庭兄妹兩人之中的故事。

兩條新聞同出自一記者之手，說明記者思維沒有停留在大力提倡的“奉獻”上，而是尊重事實本身的意義，將當時價值觀變化的重要資訊傳播出來。

報導的價值取向似乎前後否定，但正好展現了記者的開放式思維和理性觀察。

當然，開放式思維的自我否定與那種隨風擺的自我否定不同。

前者的否定是忠實地報導客觀事實，從事實出發否定本身，反映的是時代的變化，社會的前進。

而後者的否定是遵從上頭指令，是從某種精神出發，否定本身反映的是別人態度的變化，風向的變化。

前者是新聞報導，後者是新聞宣傳。

3、不僅要掌握線性簡單思維，又要掌握面性系統思維

在新聞報導宣傳化的傳播環境中，新聞人和傳播人通常習慣線型後饋式運動。

即發現新聞“現在”有什麼新成就、新做法為臨界點，或以“現在”提倡什麼價值理念為新聞價值的標準，首先確定某件事件有這種“新”的特徵，然後開始將思維指向調整到何以取得這個“新”上。

找出新的來由，比較來由前後的變化，以示這個來由正確，或者這個成績喜人。

這種變化或成績符合某種要求，就是正確的，有宣傳價值的，反之，就是不正確、沒有傳播價值的。

舉例而言，比如報導某企業提高了經濟效益，首先是問數字、利潤、人均產值等，接下來就是尋找採取了何種措施，然後再瞭解採取了這些措施後有什麼結果，出現什麼成績。

簡單表示，即原來的狀態——措施——現在結果。

用這種思維方式產生出來的新聞，許多人歸納為萬能因果論。

即任何一種原因都能產生任何一個結果，這個原因必定是已提倡的某種政策。

所以，只要拿到了文件和有關精神，思維只要延著這個精神和文件的指向發現其載體就夠了。

只要發現政策、精神和新聞事實之間的因果關係就夠了。

所謂面性系統思維，要求面對新聞事實時，一定要將事實置於其發生的多維空間中去考察，去分析，去認識。

因為一個新聞事實的發生，無論是某個重要人物有什麼主張，還是社會上出現了某種現象，它有發生的原因，也有發生的狀態，有發生的結果，還有發生的影響，有發生的背景，還有發生的前景。

有發生的積極意義，也有發生的消極意義。

一句話，事物是以網狀處於相互普遍聯繫之中的。

傳媒有責任將事物發生的這些狀態全部報導出來。

這就要求思維方式按照事物存在的狀態去運動，也就是面性系統思維。

不僅弄清新聞事實的前因後果，也弄清事實的背景、前景。

不僅要還考察事實的歷史地位，社會方位，也要考察社會公眾、專業人士的反映和判斷。

例如《中國農村變革大趨勢》就由機會、力量、基礎、市場、開發、發展六個方面來展示中國農村變革這一宏觀性的新聞事實。

《關於物價的通信》也是從受物價上漲影響的群眾、物價上漲各個門類、具體數額、物價上漲的受害者，物價控制的失誤、物價上漲的主要方面和原因、對物價的各種議論和主張、物價改革的前景諸方面來透視這一問題。

這樣的新聞無疑信息量更多，更能滿足資訊市場的需要。

當然，上面兩個例子是將多維的思維結果結構在一篇新聞中，或結構在一個系列中，因而形式上顯得過長，有悖於新聞盡可能短的規律。

實際上，立體地拓展新聞事實並不一定要將各種思維結果寫在一篇新聞中，也並非對每一個新聞事實都要逐件作面性立體式交待。

完全可以迅速弄清新聞事實本身的狀況，迅速判明在某一個方面開拓可能更有意義，就專門探究這個方面，並將其盡可能地表達出來。

再有新的發現，再寫另一篇報導，製作另一個節目。

這樣處理更適合新聞的特性。

隨著工作和生活節奏的加快，人們對新聞時效的要求不斷提高，這種短、平、快的方式將會越來越被突出的使用。

4、一切事實、現象、結論、觀點、理論，都運用形式邏輯判定其真偽

邏輯是正確思維、準確表達的法則。一如法律對社會的規範，交通規則對道路的管理。

有了邏輯規範，思維和表達就會避免誤入歧途，交流和溝通就能避免雞同鴨講。

一切無謂的爭論、理解的偏差就會找到根由，所謂的“公婆爭理”就會有所裁判。

邏輯是辨別真偽、增長智慧的法寶。

一個新說法、一個新觀點、一個新發現，只有符合邏輯才能成立，才能成為知識和道理。

反之，這個說法、觀點和發現就可能是謬誤，是偽知識和假資訊。

亞里士多德的邏輯學是思維利器

戴上邏輯顯微鏡，錯誤推理就會無處遁形。常用邏輯法則，是非之辨就會涇渭分明。

邏輯更是認識世界、科學研究的方法。數學、物理、化學，自然科學的任何發展都離不開邏輯。

歷史研究、法律體系、事件真相，社會文明離開邏輯寸步難行。

物理學裡的自由落體定律，就是伽利略運用邏輯規則，發現亞里斯多德理論的推理錯誤，從而推導出正確的結論。

法律體系裡公法與私法的先後，憲法與其他法律的從屬，都是依據邏輯而建立。

正如一位哲人所說，生活猶如巨長的鏈條，見到一環，可推知整體。

孔子的儒學，“仁”來“仁”去，仁為何物，從來不曾定義，全是一堆類比。用邏輯常識規範，違反同一律。

經典名著《三國演義》，演了近 100 年的歷史大“義”，

“義”的內涵卻相互打架：社會“正義”？兄弟“情義”？還是對某家政權的“忠義”？

似是而非、莫衷一是。用邏輯常識檢視，叫自相矛盾，意思含混。

某“國學大師”更離譜：“西方人長於分析式思維，中國人長於綜合式思維。”

“西方”是地域概念，“中國”是國家名稱，二者對應，在邏輯常識裡叫概念並列不當。

分析與綜合本是一個銅錢的兩個面，不可能單獨存在。硬拆開來，在邏輯常識裡叫以偏概全……

東方從等而上之的聖人，到等而下之的大師，烹飪大餐小食，邏輯規則常常付之闕如。

發揮邏輯的作用，展現邏輯的力量，是發現、糾正一切錯誤最有效的武器，

邏輯的力量，比事實的力量更強大。有邏輯在手，語言不多道理深，分貝不高力道大。既能服人，又能服眾。

傳播人，新聞人，同樣擁抱邏輯最給力，擁抱邏輯也最智慧。學習、掌握和使用形式邏輯是發現、采寫理性新聞的終南捷徑，給理性新聞插上邏輯的翅膀，不但產生重大和深遠影響、而且堅實可靠，無懈可擊，在時間的長河立於不敗之地。

4.3 理性新聞與知識結構

以往的說法，記者應當是“雜”家，或者應當是專家。

總結所有王者的成功之道，沒有一個來自“專家”、或者“雜

家”，而是既要“雜”，又要“專”。二者缺一不可。

所謂雜，不但要博聞廣記，通曉各類自然、人文知識，而且要成為一門一至幾門學科的專家。

而專，則需要就某個領域某門學科作深入的考察研究，不只是瞭解其基本原理、發展脈絡、最新動態，而且要有所發現、有所鑒別、有所評判、有所建樹。

相反，傳播史上，所有叱吒風雲的傳播人，所有極一時之盛的王者，個個不僅有著廣博的見識、淵博的知識，又著扎實的專業、深刻的思想。

大名鼎鼎的梁啓超不用說了，他不光是華族劃時代的百科全書式人物，在政治舞臺，在學術研究領域，都鶴立雞群、成就非凡。

在政治活動占去大量時間的前提下，36 年間，每年平均寫出 39 萬字之多，各種著述達 1400 多萬字。不但在人文社會領域知識廣博、洞見深刻，而且對自然科學也有很深入的瞭解和領悟。包括哲學、文學、史學、經學、法學、倫理學、宗教……

梁能夠以驚人的記憶力、敏銳的理解力，詳盡占有資料並且從中迅速地整理出一個個頭緒來，井井有條、條條有理。

陳寅恪總結：任公先生高文博學，近世所罕見……迨先生《異哉所謂國體問題者》一文出，摧陷廓清，如撥雲霧而覩青天。然先生不能與近世政治絕緣者，實有不獲已之故。此則中國之不幸，非獨先生之不幸也。

傳媒人先驅王韜“長於經學”、“貫通群經，旁涉諸史”，與西方學者合譯著作，又曆訪英、法、日等發達國家。同樣是既專又雜。

張季鸞的童子功是《四書》、《五經》等國學典籍，是文章策論，農工生活和傳統的地理歷史。

留學日本五年，不只是專業的政治經濟學打下堅實基礎，又悉心瞭解日本的政治、思想、和風俗習慣，尤其是明治維新成就及演變。

他的日文清麗流暢，在留學生中名列前茅。

張季鸞的同學、好友和戰友胡政之回憶說：張“生活興趣極為廣泛，無論任何場合，皆能參加深入，然而中有所主，卻又絕不輕易動搖。”

不光知識結構是金字塔，處世態度也是金字塔。

正是這兩個金字塔，造就亂世中國一位空前絕後的傳播人和王者。

李普曼在哈佛大學師從心理學家威廉·詹姆士、格雷厄姆·華萊士，專注於哲學，歷史和語言。

著有《政治導向》、《放任與駕馭》、《輿論學》、《良好的社會》、《共產主義世界與我們的世界》等 30 種著作，涉及哲學、政治學、倫理學、新聞學及外交等多個領域。

李普曼總結自己：“我過著兩種人的生活，一是學者，一是報人。這兩種生活互為補充。哲學是我撰寫專欄文章貫穿其中的一條主線。寫專欄則是我檢驗哲學並使其具體化的實驗室或臨床課。”

李普曼掌握六門語言、三門比較文學、三門經濟學，還有歷史、美術、社會倫理學各一門。所有這些知識，構成其金字塔的底座，而哲學為金字塔的豎軸。

李普曼正是運用的哲學、政治學、歷史功底分析眼前發生的新聞事實，從而成為傳媒人當中的王者。

弗裡德里希 · 恩格斯以卡爾 · 馬克思的搭檔聞名於世，撰寫的軍事報導和評論更是專業而富於遠見。

恩格斯傳記描述，他先後閱讀過 100 位作者的 250 部著作，並收集了大量軍事文獻，系統研究戰爭史和軍事史，以及戰術、攻城原理，野戰工事，軍事工程，軍隊組織和軍事教育，不同兵種的特色和相互關係，各種武器的結構和使用方法。

毫無疑問，他卓越的軍事評論和真知灼見絕不是從天上掉下來的，而是來自於廣博的政治、文化、科學知識，來自於極其專業的軍事理論和造詣。

邱吉爾早在隨部隊調往英屬印度期間，就大量閱讀了歷史、哲學軍事、文學書籍、一生真正手不釋卷，不是讀書，就是寫書。軍事戰略、權力遊戲，更是他的天賦之才。

繪畫更是邱吉爾平生最大的興趣之一，他一生的作品包括逾 570 件畫作和兩件雕塑。

諾貝爾評審委員會評估邱吉爾的《第二次世界大戰回憶錄》：“通過兩次世界大戰親身經歷，傳承家族的騎士傳統，以純熟的母語對變動的世界作出敏銳反應……精通歷史和傳記的藝術，以及他那捍衛崇高的人類價值的光輝演說”，回此獲得該獎。

世界上最早報導核子弹的《紐約時報》記者威廉 · 勞倫斯曾兩次獲普利策新聞獎。

他憑著“第一流科學家的頭腦”畢生報導核子弹科學研究，他擁有的學位是“哈佛大學博士”。

他總結自己的成功報導：“如果說我的科技報導有什麼訣竅的話，那就是認真學習，因為我知道，真正的科學家遇到有知者才肯說話。”

李普曼、梁啟超、張季鸞、恩格斯給我們提供了最有力的標本，傳播人要成為真正的無冕之王，就要有淵博的知識和堅實學問。

現代科學在基礎理論方面已有 400 多種，科技理論方面有 500 多種，整個科學門類達 2000 多個。

當代學科高度分化，又高度融合，如果以一門或幾門學科為專的範圍，或按社會分工都嫌太專。

傳播者要成為思想者

單純報導教育、或科技、或工業、或農業、或政黨、或法律都不可能成長為一個出色的傳播人、也不可能成為王者。

相應地，知識結構只限於這種分工和學科，太貧乏、太不夠。

哲學（包括邏輯學）、科學基本原理、經濟學、心理學基本知識必不可少。

並在政治、經濟、文化、科學四大領域的基座和寬度之上，選擇任意一門、乃至數學科作為研究領域、並成為這個領域的專家、王者。

道理很簡單，即使報導科技進展和成就的記者，沒有豐富的人文歷史知識，將無從辨別、評判某項發現、某種發明對人類文明的影響和意義，也不可能將深奧、枯燥的科學發現和發明鮮活生動地傳播給社會。

作詩功夫在詩外，偉業傳媒人的功夫也在傳播學以外。

“如果不是系統地鑽研，那就得不到任何重大成就，自學往往是空話。”（《馬恩全集》第 27 卷第 576 頁）弗裡德里希 · 恩格斯道出建立金字塔知識結構的必由之路。

因為眾傳時代，受眾普遍有著相當的知識積累，作為專業傳媒人，只有道高一尺、魔高一丈，比受眾具備更廣播的知識，更深刻的學術造詣，才能站得高、看得遠，才能在紛紜複雜的新聞事實中，挖掘出具有大眾傳播價值的新聞，才能獲得受眾認可、進而形成傳播力、影響力。

不但超越傳統“萬金油”式的“雜”，而且在主體意識、思維方式、報導領域都達到真正專家的水平，才能適應傳播手段和市場的變化，成為專業傳媒人。

形象的說法，就是金字塔知識結構，或“A”形知識結構。

雜是底，專是高。雜以專為前提條件，專以雜為基礎。二者相互依存，相得益彰。

從傳播學角度，新聞報導同教師講課、專家做報告一樣都是傳。

所不同的是，教師的傳是把已成定論的知識簡化成易懂的道理傳播給學生，以使他們掌握；專家們做的學術報告是將他們的最新發現講出來以供同仁們研究、討論、反詰或駁難，以便更加完善或徹底推翻。

這二者傳播的對象都是有共同語言的受傳者。

新聞傳播不同，新聞傳播是大眾傳播，傳播對象是男女老少各色人等；傳播內容是各行各業和各個專業領域的重大事件、重大發現。

傳媒人首先面對的是原始事實和專業語言，傳給受眾的信息和語言需要社會大眾、男女老少都能明白、理解。

所以，傳媒人的任務之一，就是把各個領域的新聞事實、最新發現“翻譯”成人們通俗易懂的語言，這就需要博。

同時，傳播人面對的是蜂湧而來的各種資訊，這些資訊都是相互聯繫、相互影響的，而社會需要的是最有價值、最有前瞻性的資訊. 他要判定傳播內容的價值和預見性，又需要相當深的專業學養。

如果發現不了新聞事件的內在價值，或者發現了也缺乏深刻性和正確性，傳播出去就是垃圾信息，就只是浪費資源、而沒有任何實效。

所以，專和博相結合的 A 型結構也是必需的了。

比如，報導政治領域的記者，他如果不瞭解經濟規律和經濟生活對政治的決定作用，不瞭解傳統文化對政治活動的微妙影響，他肯定不能深刻地、獨到地洞見政治生活中極有意義的新聞。

而對報導經濟新聞的記者來說，政治生活、文化生活及其對經濟的巨大影響亦是用純經濟的眼光無法理解的。

同理，政治和經濟及其對文化的制約更是根本性的。

概括起來，一個傳播人最為合理、理想的知識結構，應當是具有文學家的生花妙筆，數學家的精細嚴密，哲學家的犀利思辨，史學家的深厚功底。

讀書使人充實，思考使人深邃，交談使人清醒。

——本傑明・佛蘭克林

一個人失敗的最大原因，就在於永遠不敢充分信任自己的能力，甚至認為自己一定失敗。

——本傑明・佛蘭克林

第 5 章 開拓理性新聞空間

界定理性新聞的特徵，分析理性新聞的元素，探討理性新聞的寫作，總結理性新聞的成功規律，一個現象顯而易見：盛產理性新聞的地方，都是新聞輿論呈現原生態的地方。

獨到、生猛的理性新聞，大多為傳播人獨立自主、孜孜以求的出產。

在宣傳統帥傳播、輿論成為戰場的地方，理性新聞的面世非常艱辛，也非常珍貴。

本書援引的所有例子，都充分證明這一點。

本書著者的職業生涯，完全處於宣傳壓倒一切的背景環境中，處於高度敏感、高度輿論一律的報導領域。但有理性光芒的照耀指引、理性思維的不斷牽引，理性新聞的探索和嘗試，仍能結出累累果實。

5.1 重大報導理性審視

2000 年年初，有關方面要求報導一批“思想政治工作”的典型，其中之一是中美合資南嶽油泵油嘴有限公司的經驗。

在中國大陸長大生活的人，都知道“思想政治工作”深厚涵意，也對這類典型和報導司空見慣，心照不宣。

通常這類典型多出於軍隊、學校、醫院和公有制的企業，在一家美國資本控股的國有企業裡開展思想政治工作，宣傳價值毋庸置疑，新聞價值同樣別具深意。

——按照馬克思主義的學說，資本是資本主義社會的萬惡之源。

當今世界最大、最典型的資本主義社會又正是美帝。

來自美帝背景的資本跟紅色中國的工人階級合作，說明資本唯利是圖的本來屬性，只要能賺取利潤，就是深入準備埋葬它取代它的社會主義大本營，也毫不畏懼，一往無前。

另一方面，又說明在發展經濟是硬道理這一基本國策的主導下，就算是以埋葬資本主義為使命共產黨人，完全可以熱情友好地擁抱資本主義大本營的資本。

又以其最為擅長和獨特的創造發明——思想政治工作——為資本增值、創造更多的剩餘價值、讓工人階級富起來發揮作用。

說明“改革開放”改的什麼，革的什麼，開的什麼，放的什麼，初心是什麼，結果是什麼，理論是什麼，實際又是什麼。

這家合資企業的運行和成功，確實“一滴水反射出太陽的光輝”。

內涵豐厚，意味深長。

共產黨中央的機關報，把這一典型經驗向全國宣傳、向全世界報導，讓人們瞭解一家已經榨取美國工人剩餘價值的企業，在共產黨領導的下國有企業裡，如何跟中國農民工“分享”剩餘價值，農民工又如何在黨組織思想政治工作的鼓舞下，全心全意、熱情洋溢地貢獻自己的勞動“合作共贏”，更是不同凡響、意義非凡。

完全資本主義方式的美帝資本與中國共產黨自己的國有企業合資，企業將會用何種管理方式，工人的勞動力價值和剩餘價值如何分配，“思想政治工作”又如何發揮作用。

兩個主義的“優點”如何集於一身，並拋棄資本主義的“缺點”和罪惡……

采寫這樣一篇報導，意義遠遠超過了“思想政治工作”經驗本身。

報導於 2000 年 05 月 15 日在《人民日報》第三版見報。

摘要如下：

“南嶽公司成立於 1994 年，美國亞洲戰略投資公司控股 60%，原衡陽汽車配件廠控股 40%。股份的構成，從根本上改變了公司性質和管理。過去是國有企業，現在是合資企業；過去廠務委員會和廠黨委是最高決策機關，現在董事會是最高決策機構；過去職工是企業的主人，現在職工是契約制勞動者。

“黨委書記陳友海說，在我國的合資企業裡，必須按照中國的特點來加強政治思想工作，用黨的方針、路線、政策對中方職工的思想行為進行引導。

“……用自己的行動證明：思想政治工作的主要目標是促進企業經濟效益和社會效益的提高，與外方追求最高的投資回報目標有一致性。

“1996 年，公司推行精益生產管理方式，實行“一人多機，一人多序，一人多能”。公司黨委立即配合，使大家懂得，精益生產不是外國資本家的盤剝，而是提高企業效益的根本大計，于外方有利，于企業有利，于職工也有利。通過引導，員工認識提高，熱情倍增，千方百計提高工作技能。先有一名員工看兩台機床，接著普遍一個人看兩台機床。今年 1 月，青工李尚華一人看 4 台機床。

“根據企業的發展，公司決定減員增效。決定一出，許多員工馬上不安起來。為了做好工作，負責思想政治工作的公司黨委首先從公司領導層切入，要求領導帶頭。先是工會主席、紀委書記、經營廠長、後勤副廠長、總工程師在內的 5 名公司領導先從一線退了下來；隨後，31 名中層幹部也以內退、下車間等形式精簡下來。幹部做出了表率，員工們的工作就容易做了，整個“減員增效”的改革順利完成。

“每當公司調整工資、分配住房、修訂工時等涉及職工切身利益的行政管理工作，公司黨委都主動將其列入思想政治工作的重點，提前對職工的思想和可能出現的矛盾進行分析預測，既做好預防教育工作，又做好利益平衡工作……

共產黨人要消滅資本和資本家的使命並沒有改變，但在特殊的背景下，共產黨組織與資本家能夠成為好搭檔，並幫著資本家“追求最高的投資回報”。

資本家和共產黨人的“與時俱進”，都表現在其中了。

2000年8月，深圳特區慶祝成立20周年的各項宣傳和活動陸續展開，8月初，時任中央政治局常委和副總理的李嵐清，要求人民日報總結深圳20年行政體制改革的進展和經驗，成就和突破可以寫公開報導，不足和問題可以寫內參。

據人民日報有關領導傳達，李嵐清副總理要求一定要實事求，做了什麼就寫什麼，做得怎麼樣就寫成什麼樣，不要拔高宣傳，而是客觀介紹。

李嵐清副總理並不管宣傳，在他的分管範圍之外，在所有媒體鋪天蓋地宣傳深圳特區經濟成就的氛圍中，越過有關部門，直接指示黨中央機關報采寫政治體制改革的文章，不只抓住了深圳特區作為特區最核心的問題，也是所有關於深圳成長和成就中最引人注目主題和問題。

在更宏觀的意義上，也是中國改革開往以來有關體制改革最敏感、最重要的話題。

高度和遠見不言而寓，理性的洞察力、穿透力就在話題本身。

聽完有關領導的傳達、囑咐和交代，我當即安排行程，前往深圳採訪。

我和另一位同事，會同駐深圳記者兩人，花了十五天時間採訪，搜集、整理有關材料，並採訪到所有最關鍵的領導人，包括時任市委書記張高麗、曾經的市委書記李灝、厲有為。

相對於內地其他地方，深圳的行政管理體系比較精幹、運作比較有序、行為比較規範。

包括政府審批制度的改革，政府預算制度的改革，政府採購制度的改革，以及經營性土地出讓的招標拍賣，政府工程的招投標管理，行政事業性收費和罰沒收支兩條線的管理，行政綜合執法的改革等等，都有一些不同的做法。

尤其是：

1、政府機構的改革，主要是對政府部門進行適合經濟發展的調整和撤並；

2、行政制度的改革，主要是對政府運行制度和政務程式及職權範圍建立有效的規則。

應當說，經過 20 年的探索和努力，都有一定進展。

這些改革對政府角色的認定和功能都起了一定作用，政府不該管的事有所減少，該管的事效率有所提高，權錢交易有所收斂。

另一方面，由於深圳的政府體制和行政制度仍處在整個國家體制的大框架下。

深圳政府的工作與內地中央政府各部門及各省、區、市政府有著千絲萬縷的聯繫，在全國性法律法規的實施上深圳也不能特殊。

深圳的政府機構改革和行政制度改革其實很有限。

政府部門的監督機制缺失，政府機構重疊、職能交叉、管理重複的問題依然存在。

權力過於集中、權力運行沒有約束機制一如故往。

與現代社會所要求的廉潔高效政府還有相當的距離。

官僚主主、文牘主義甚至比不是特區的其他地方還要嚴重。

當然，這些局限和不足與整個國家的大環境、大背景有密切關聯。

深圳的改革和探索，有其巨大的複雜性、艱巨性，不可能在範圍、進程和整體品質上走得過遠。

只要在認識上、方法上、方向上、道路上，都符合“社會主義市場經濟體制”發展的要求，符合轉變政府職能、建立廉潔高效政府的要求，符合建立社會主義民主和法制國家的要求，深圳的改革和探索就在全國有著普遍意義，有著啟迪和示範價值，因而有著宣傳價值和新聞價值。

正是基於這樣的宏觀思考和微觀剖析，我主筆寫出上下兩篇分析性報導和一篇評論員文章。

向着廉洁高效迈进
——深圳政府体制改革纪事(上)

上篇寫深圳改革政府體制和行政制度的進展、做法和經驗，題目是“向著廉潔高效邁進”。

下篇寫改革的特色、進程和方向，題目是“改革中的創新與探索”。

人民日報時任副總編吳恒權逐字逐句把關定稿。

全文一萬二千字，分兩天在人民日報頭版和三版通欄半版連續刊發，為九十年代以後最長的報導。

文如標題，將深圳行政體制改革寫得恰如其分，又引人注目，字字都有講究。

一個中國改革開放的樣板城市，在20年的時間裡，只是“向著廉潔高效邁進”！

"改革中的創新與探索"有哪些，是如何進行的，都是當時社會政治現實的縮影。

走在全國前列的深圳做到這種程度，其他地方政府的作為和角色呈現何種景象，讀者自會窺斑見豹，得出符合實際的結論。

人民日报

改革中的创新与探索

——深圳政府体制改革纪事（下）

報導既沒誇大拔高，又完全實事求是，既讓領導滿意，又讓公眾瞭解實情，真實地記錄了深圳當時所走過的路程，完全經得住事實和歷史的檢驗。

因為特殊的權力游戲規則和發展是硬道理，許多社會現象光怪陸離，已經沒有最無恥，只有更無恥。

世世代代幾千年，見過不要臉的人和事，沒有見過這麼不要臉的程度。

比如，已經財大氣粗的老闆、總裁，偏要花錢買個教授、研究員的頭銜；已經官至縣長、市長，還要順手捎帶個碩士、博士的文憑；抄編過幾本只為賺錢、無人問津的小冊子，就自詡為"著名"專家或學者；幾百年乃至上千年前有個同姓的著名文豪或皇親國戚，就信誓旦旦稱自己是他們的多少多少代孫，儘管同一姓氏中著名奸臣或太監也大有人在……

慕虛名者如此之多，有虛名者如此之驕，原因無他，虛名不僅能帶來很多實際利益，而且比靠真才獲得利益更便利、更划算。

甚至，虛名帶來的好處要比真才多。否則，聰明如上述人等，絕不會趨之若鶩。

不僅學位證書學歷證書沒有差別，晉升、分房、評職稱當然都一視同仁，而且學齡工齡同時計算。

這樣的價值尺度，再傻的人都看得明白，虛名比真名投入更少、產出更多。

既然學術頭銜可以變黃金，當然可以拿黃金換頭銜。

與著名文豪或皇親國戚扯上關係更賺。當不上某一級的政協委員，或某名人研究會的理事之類，起碼可以自抬身價，掩蓋一些自卑。

邏輯指向很明確，都是體制和價值取向造成的。沒有了實利，誰還會去圖個虛名？

只批評社會現象無濟於事，而必須揭示其形成的根由。

如同一個人生病，病症是果，遺傳基因、生理變化、生活方式及生活環境才是因。

因此，我撰寫署名評論“莫使虛名獲實利”（《人民日報》2003 年 5 月 8 日十版），抖落出追逐虛名的社會機制和解決之道。

摘要如下：

虛名者，有名無實、或要其名不要其實之謂也。

……

虛名大有甜頭，追逐者不虛此“名”。

要是虛名沒有了甜頭，相信再無人追逐虛名。

比如，提拔晉升看能力不看學歷，看學歷不看業餘學歷。

至於“光宗耀祖”的多少多少代孫，也要看這孫子賢與不賢，有才幹還是沒有才幹。

長此以往，追逐虛名者自然會哄散而去。

即使有一些還要窮追不捨聊以自慰，像哈代筆下苔絲的老爸德伯，那是他們的自由。

實利若是不存，虛名必將不附，清風拂面不遠矣。

5.2 臺灣報導理性駕馭

中國的涉台報導更是宣傳中的宣傳，敏感程度又是 G 點中的 G 點。

我第一次訪問臺灣後“感受臺灣”（《人民日報》2000 年 12 月 12 日）

“我們見過的近百人，言談話語之間，無不閃現著中國傳統文化的美感。從天天陪我們旅行的聯合報同行，到各個場所的義務“導覽”；從大學校長到企業經理；從聞風趕來的各界朋友，到不期而遇的各界人士；從學生到服務生，或主持，或致詞，或介紹風物景致，或安排具體事項，都娓娓道來，或侃侃而談，自然流暢，得體大方，沒有矯飾，沒有客套。講到有關自己的情況，不時會聽到民族語文中的那些謙字，如“敝姓”、“敝所”、“敝校”。請你發表意見，則多半會說“請指教”。打電話到別人家裡，則會問“是某公館嗎？”訪問為容顏有缺陷的朋友提供心理生活輔導服務的陽光基金會，一位面部燒傷後遺痕十分嚴重的工作人員這樣自我介紹，“我叫某某某，真不好意思，我這個樣子嚇著你了。”那平和的語調、適度的分貝，使人頓生尊重和敬意。參觀故宮博物院，一位年近 70 的義工老太太為我們講解，敘述之翔實，語彙之專業，彷彿一位專業學者在講歷史課。

“與斯文、自然的言語相比美，臺灣同胞日常行為中的文化品位和氣息同樣令人感受深刻。參觀“故宮博物院”，珍貴的文物館區，光線幽暗，氣氛肅然。“導覽”介紹說，為將文物所受到的損害減少到最低限度，不僅光線被嚴格限制到能看清為止，溫度、濕度和密封度都依文物所需的科學指標為前提，一絲不苟。同時，又服從傳統文化對社會教育應盡的義務，每年變換主題，在嚴格保護文物的條件下，將珍貴文物輪換展出。當我們的參觀快要結束時，兩群四五歲的小朋友在阿姨的帶領下手把手走進館裡。這時，颱風帶來的大雨還在淅淅瀝瀝地下著。

“在臺灣圖書館古籍善本珍藏室，有關負責人告訴我們，這些古書“生存”的環境接近最“自然”的狀態，書籍全躺在不生蟲、難腐朽，又經過特殊加工的木材所做的書櫃裡，除了最先進的防火防盜設備，連地震發生的情況下，整櫃古書搶救轉移的設施措施都預備好了……

“在陽光基金會，一個將人文關懷擴展至顏面損傷或燒傷者的社會畫卷生動地展現在我們面前。這個熱心人聯合體自許的使命是，喚起社會的關懷，協助顏面損傷或燒傷的朋友，走過傷後艱辛的路程，重建生活，重建信心，回歸社會。他們不僅幫助傷者恢復健康，經濟扶助，就業引導，還從事預防教育宣傳。據介紹，這個基金會總收入的64%來自社會捐款。

“對弱者的關懷，對服務物件的尊重，對文化遺產不遺餘力的保護和敬重，無疑都是文化氣息和文化品位最細緻的寫照。但最令人驚異的，是企業對文化的追求、崇尚和營造。

“在台華陶瓷有限公司，年輕的董事長呂兆說，他們的目標是讓中華的陶瓷文明世界化、現代化。因此，不僅鼓勵創作人員將每一件產品極盡文化之能事，使泥土昇華進入藝術境界，將“凡俗的心靈帶進真善美”，就是亮麗藝術生活的開始；又依託公司辦起了一座小型的陶瓷藝術宮殿，起名：“鶯歌故宮”。“宮”裡除了各種造型、各種花飾的陶瓷製品，佈滿牆壁的中國字畫山水畫更是相映成趣、相映生輝。

“在我們下榻的國賓賓館，餐桌上提示牌的背面寫著他們的追求，大意是要通過他們的服務，讓客人在酒店感受到天人合一、求同存異的中國哲學傳統。在“國立科學工藝館”，館長親筆書寫的條幅是：“即物窮理”。有著 8 萬人口的鹿港，培養出 214 位博士；便是尋常日子，家家門口的楹聯仍然鮮紅鮮紅，仿佛新春佳節……

2001 年 5 月，著者在臺灣採訪，當時正值中國國家大劇院準備興建。

臺灣中正廣場的“國家戲劇院及音樂廳”，古色古香，美侖美奐，完全是北京故宮太和殿和保和殿的複製和再造。

用地地道道的東方宮廷建築作“國家”文化建築的標本，品味和寓意一目了然。我因此采寫“藝術殿堂，殿堂藝術”（《人民日報》 2001 年 7 月 26 日）。

摘要如下：

表達藝術的風雅和高貴，不少人喜歡用“殿堂”比喻修飾，謂之“藝術的殿堂”。在臺北，的確有一個去處，既是藝術的殿堂，也是殿堂的藝術，那就是歌劇院和音樂廳。

位於市中心的兩棟大眾文化建築隔廣場遙相呼應，金色琉璃瓦，五彩雕梁棟，朱紅回廊柱，灰白石護欄，脊聳簷飛，頂迭壁幛，在形形色色的現代建築和具有南國情調的綠樹叢林包圍掩映下，獨顯中國傳統建築之雍容華貴、富麗堂皇。

戏剧院

“在中國傳統文化裡，戲劇的地位尊於音樂，所以歌劇院主體建築造型仿北京故宮堂皇華貴的太和殿，而音樂廳主體建築造型仿柔美活潑的保和殿。”服務於歌劇院和音樂廳的賴怡冰小姐如此介紹。

仿照昔日帝王獨享的宮殿建築藝術形式，建造現代大眾共用的視聽藝術空間，無論從形式上還是精神上，既讓建築藝術和視聽藝術合璧，也讓建築藝術和視聽藝術昇華，從而成為真正的藝術宮殿。任何人置身其中，無論觀賞《西廂記》、《天鵝湖》，還是傾聽《田園交響曲》和《二泉映月》，心靈的淨化和精神的洗禮可以想見。

步入歌劇院和音樂廳，具有濃郁藝術氣氛的前廳和側廳雖風格各異，卻都古色古香，極具民族特色。面平如鏡的米色大理石地面和牆壁相映生輝，一盞盞水晶吊燈做成民族傳統的宮燈造型，長長的紅地毯引導著觀眾進入劇場。據介紹，地面和牆壁所用大理石全部從義大利進口，開採時石料就一一做了序號，以便鋪就以後每塊石頭上的花紋都能夠相互銜接。

歌劇院劇場和音樂廳劇場都以暗紅色為主調，壁板為清一色的非洲板材。歌劇院劇場觀眾席上方裝飾成一個整體的巨大穹頂，穹頂內外的盞盞華燈又是民族傳統的宮燈造型。一樓大廳 823 個座位當中無一走道，另有三層包廂還可容納 702 位觀眾。

音乐厅

從歌劇院到音樂廳，既可走地上的廣場，又可走地下停車場。音樂廳劇場的天花板由一個個四方形的箱燈拼成，兩層包廂以灰色大理石砌面，地板則由納音功能最好的橡木鋪就。舞臺上，一架 14 米寬、9 米高、3 米厚的巨型管風琴豎立在舞臺中央，具有歐洲 18 世紀巴羅克風格的木雕將 4172 支粗細不同、長短不一的音管排列得井井有條，仿佛一面風格迥異的中國古典屏風。舞臺由 16 個升降平臺構成，可依不同演出需要調整空間。“整個大廳無一電子擴音設備，全部 2074 個坐席，觀眾無論坐在任何一個位置，聽到的都是樂隊演奏出來的自然音質，而且效果幾乎沒有差別。”導覽小姐如是說。

作為附屬設施，歌劇院又在三層另設實驗劇場，供各種小型戲劇和舞蹈演出之用，在地面層設表演藝術圖書室、咖啡廳、視聽中心。音樂廳也在地下層另設演奏廳，方便小型室內樂團或小型獨奏演出，或進行學術討論以及專題講座。

歌劇院和音樂廳又分別在自己的一、二、三層設置演出實況電視轉播休息室，以使遲到觀眾不會錯過觀賞。當然，殘障人士所需的座位、道路、廁所和停車場都一應俱全。

服務於歌劇院及音樂廳的于複華先生介紹說，兩棟建築於1987年9月完成，歷時十年之久，總共花費74億新臺幣（約近19億人民幣），主體建築由臺灣建築師自行設計，室內音響、照明和舞臺等專業設備由德國和荷蘭專家設計。歌劇院和音樂廳的日常管理合一。

管理中心的現任主任是著名打擊樂演奏家朱宗慶先生。他曾多次到北京、西安和上海演出，對兩岸文化藝術交流很是熱心。他說，歌劇院和音樂廳以上演精緻藝術為宗旨，除了自己組織演出，也可以出租場地供他人演出，演出者除了臺灣藝術團體，祖國大陸及世界各地的專業人士也很多。當然，所有演出都必須達到"精緻"的要求，才能登上這兩個藝術殿堂。至於演出是否精緻，要以藝術界專業人士的評判為准。到目前為止，歌劇院和音樂廳每年演出節目多達1000場次，觀眾60萬人次。祖國大陸藝術團體每年在此演出80多場次。

報導本身客觀而客觀，純粹而純粹，只寫這兩棟建築長啥樣。

因為建築本身就無聲地告訴人們，這才是原汁原味的中國特色，經典的中國建築藝術。

這樣的建築作為戲劇和音樂殿堂，真正珠聯璧合，道骨仙風，將建築與藝術完美地結合在一起，將傳統和現代有機地融合在一起。

臺灣曾讓滿清的中央政府割讓日本殖民多年，國民黨統治後又一門心思“東施效顰”學美國。

學來學去，在最表現其學習成績的公共建築上，卻完全傳承發揚中國文化，並且做得美侖美奐。

後來，中國國家大劇院落成，無論造型還是設計，無論品味還是方便，觀眾都可以比比臺灣的這兩個建築，看看哪個更具文化氣息和品味，更有民族風格和文化內涵。

這是理性新聞和報導的又一種運用，客觀，白描，讓事實說話，讓受眾聯想、對比、作出結論。

從蔣經國開始，到李登輝繼續，臺灣的政治生態完全告別中國幾千年的傳統。

亦步亦趨，抄襲美夷，玩起“三權分立”、民選、公投這些花樣。

二零零三年七、八月間，歸納台灣各派力量的“奮鬥目標”，我們寫成《“拼經濟” 開“支票” 博民心》（《人民日報》2003年8月8日），摘要如下：

最引人注目的事件，是“立法院”臨時會議的舉行……三天的會議，通過四個有關經濟改革的法案，其中有“農業金融法”，“金融監督管理委員會組織法”，“自由貿易港區設置條例”，“不動產證券化條例”。這些法案的通過，對今後一個時期臺灣的經濟發展有著重要意義，不僅財經界期盼已久，民眾也期待這些法案能夠給經濟發展注入更強的活力。

當然，這些法案並不完全合乎提升經濟的要求，而是選票及民意壓力之下的產物，是各黨派及其代表的利益集團相互妥協的產物。而根本上，“因為明年領導人的選舉日益臨近，對執政者來說，沒有這些法案，就不能規範經濟行為，使臺灣經濟健康永續發展，而經濟上沒有作為就可能失去選票。

同樣的，對"反對黨"來說，客觀上，經濟不好對他們奪回領導人寶座有利，可抵制發展經濟的配套法案，就意味著要承擔未來經濟惡化的最後責任，選民是不會認同這種做法的。正是在選票和民意壓力之下，有了這些有助於提升經濟的法案。"

……

當政者如此"慷慨大方"，不僅輿論立即抨擊是用納稅人的錢換取明年"大選"的選票，反對派人士也大加批評……

隨著明年選舉一步步臨近，預計無論當局還是"反對黨"，都不斷會有迎合民意的甜頭和支票。當然，輿論也開始置疑這種爭相"請客"納稅人買單的行為，要求建立持久合理真正惠及民眾的政策和體制。

報導中的臺灣，政治生態、社會狀況、機制運轉，宏觀微觀，都有一個縮影。

進入 2000 年以後，臺灣的選舉，呈現著典型的"民主"幼兒期症兆。

選舉辦法、選舉日期、選舉形式，都只粗具規模，很多東西屬於學步階段。

參選各陣營之間相互攻訐、相互謾罵，甚至大打出手，乍看上去真是醜態百出，混亂不堪。

國民黨跟民進黨從前完全是死對頭。

不僅有階級仇族群恨，有壓迫與反抗的流血衝突，有血肉之軀的對抗較量，有國家認同的根本分歧。

“選舉亂像”過於表面淺薄，由來已久的矛盾和“選舉”初級階段的必然才是根本原因和成因。

由數人頭決定誰是贏家，而不是由砍人頭決定誰掌握權力，雙方的打鬥不可能平心靜氣，也不可能彬彬有有禮。

只有把握到這一個廣度和深度，才能準確報導並理性評論。

2004 年 10 月 8 日，我的署名評論這樣寫：

罪人罪天 莫若罪己

臺灣“總統”選舉的塵埃未定，“立委”選舉“的硝煙又起。尚未平靜下來的社會，又成了喧鬧對抗的戰場。

“國家”認同、臺灣處境、兩岸關係、“金援”外交、軍購預算、教育改革、國民黨黨產、民進黨無能……攻之者有，辯之者無。

尤為不良示範者，對壘的各方向來嚴以待人寬以律己，只要立場不要是非。

要麼誇大事實、捕風捉影必置對手于死地而後快；要麼大事化小、罔顧左右必置自己於正確而後爽。

碌碌無為、每選必輸不認真總結教訓自省自責臥薪嚐膽贏回民心，反而怪對手太狡猾太野蠻太不按牌理出牌；處處碰壁、烏龍連連不敢作敢為反省反思改弦更張提高水準，反而怪對手太制肘太擋道太為反對而反對。

彷佛沒有了對手，便事事如意萬事大吉。

……

罪天罪人從來不罪自己。

也正如太史公司馬遷所痛斥的：豈不謬哉，奮其私智而不師古，身死東城，尚不覺悟，而不自責，過矣。

既有對手虎視眈眈，又有輿論七嘴八舌，是非公道自在人心，欲要罪人，先罪自己，這才是為政之道，才是有作為的政治家的大擔當大智慧。

臺灣的"亂象"，不少人看在眼裡，喜在心裡，拿來作為臺灣治理不善的證明。

事實上，媒體上的臺灣、"立法院"裡的臺灣，是臺灣最暴力最不文明的地方。

這兩個地方以外，寶島洋溢著傳統和現代文明。特別是臺灣的鄉村。

不是消滅了農村，鄉下人都住進了城裡，而是將農村都建設美化成了都市。

即使偏僻的角落，只要有人有居民，哪裡一定乾淨、精緻到與城市沒有分別。

有的地方比城市還乾淨整潔。

2004年12月，我最後一次去臺灣採訪，在臺灣中部的一個小山溝，看到這樣一幅圖景。

我們是自個兒找地方採訪，不是領導視察，也不是外國友人參觀，相信我們目睹的這一切不是事先佈置、事先有所準備的，不是俄國女皇情夫"波將金的村莊"，而是地地道道的本來面目。

就算蔣家父子統治台灣仍然是"一個主義、一個政黨、一個領袖"，但經濟領域始終是市場這只"看不見的手"發揮主導作用。

土地改革，城市化進程，都是市場規則運行下的商業行為，而不是行政命令強行剝奪和掠奪。

農產品、土地、勞動力價格，鄉下的基礎設施、管理水平、文明程度，都跟著整個經濟繁榮而水漲船高，跟城市沒有兩樣。

而不是像大陸，長期以各種形式殺農村的雞，取農民的蛋，為工業化、城市化輸血，造成農村長期落後、凋敝和破敗，造成農村與城市、農民與城市居民經濟收入、社會地位的巨大差別。

這張小小的圖片既是台灣農村發展、治理成就的縮影，也與大陸農村狀況和治理形成鮮明對照。

位于台湾中部的车埕是一个十足的小山沟，在台湾全岛地图上找不到它的位置。可是，这里的山水、景致和风土人情却魅力独具，观光客心向往之。魅力所在，便是精致，山精致，水精致，建筑精致，服务更精致。

本报记者　曹宏亮　李林　摄影报导

涉台報導最敏感的是統一與“獨立”的問題。

統與“獨”之爭，大陸與臺灣，臺灣的國民黨與民進黨各有主張和論述。

但“台獨”實力坐大，冰凍三尺，非一日之寒，恰恰是國民黨在臺灣的統治摧生出來，又在國民黨的懷抱中成長壯大的。

所以，國民黨反“台獨”是羊頭，奪回“台獨”贏得的政權才是念茲在茲的狗肉。

正是在這個意義上，又是民進黨通過選舉奪走了國民黨的專政權，迫使國民黨回頭擁抱親愛的祖國大陸。

所以，國民黨的回頭是岸，也不是發自熱愛中國的感情向心力，而是被迫無奈的利益算計，不抱祖國大腿就活不下去。

國民黨玩的是“兩個中國”，民進黨玩的是“一中一臺”。

陳水扁連任“總統”就職典禮的前一天，我發表署名評論，《‘民國’’總統’多不肖》（《人民日報》2004 年 05 月 19 日第十版，展示臺灣權力棋局的複雜和荒謬，摘要如下：

明天，臺北將再次上演一齣滑稽戲，戲名叫“中華民國第十一任總統就職典禮”。

陳呂二人是主角，達官貴人跑龍套，反對黨派唱對台，幾個垂涎臺灣錢袋的蕞爾小國元首湊熱鬧。

本是主題莊重的“加冕”式，直鬧成波詭雲譎的雜耍劇。

更具黑色幽默者，滑稽戲的主角早就揚言要終結“中華民國”，開場時卻以“中華民國總統”的盛裝登場，“中華民國”在這樣的“總統”總而統之下何去何從，全視劇情的發展。

……

由孫文、袁世凱到黎元洪，從徐世昌到馮國璋，從曹錕到蔣中正，本來是“總統”因“民國”而存在，卻總是“民國”因“總統”而覆亡。

從大陸到臺灣，“中華民國”“國”已不國，“中華民國”卻才“行憲“，才有所謂的“第一任總統” 。這一任，整整任了 26 年。

一任 26 年的蔣中正傳位給嚴家淦，嚴家淦傳回蔣經國。

所謂的“總統”，實際上是父死子繼的“王位”。

人們好不容易可以用選票選擇“總統”了，選出的第一位“總統”暗算“民國”，第二位“總統”明亡“民國”，目標都是終結“民國”。

古往今來，當一個政權不再為人民謀利益，不再能夠公正廉潔有效處理公共事務，人民奮起推翻者有之，外來武力消滅者有之，卻鮮見其執掌權柄的頭號人物自毀江山，自滅廟號。

“總統”不是“民國”意志的延伸和存在，而成了“民國”的剋星。

……

職是之故，不管明天陳水扁主演的滑稽劇劇情如何發展，“中華民國”的導具如何使用，“中華民國”的命運早在 50 多年前就已決定……

臺灣的選舉也一樣，國民黨和民進黨兩個團夥爭著爭著就吵上了歷史。

陳水扁當局打算修改高中歷史教科書，將明代以後的中國史列入世界史是其一；學者評價蔣經國，將這一臺灣經濟起飛的首席推手稱為獨裁者是其二；“中華民國”的歷史到底有多久，如今還存在不存在是其三。另一邊的國民黨，也看中歷史人物頭上還有一些光環，想借來增加自己的份量，動不動就打蔣經國這張牌；自己能耐不夠，為充實幻覺，也從歷史中找一些談資，可供自己利用。總而言之，大家都想登上"總統"寶座，都想多撈幾張選票，歷史一如它一再遭遇的命運，成為任人打扮的婢女。

以臺灣政壇的"中國特色"為支點，我的署名評論"歷史的'豆腐'不好吃"（《人民日報》2003 年 10 月 08 日），幅射一切"歷史虛無主義"現象，摘要如下：

臺灣圍繞幾個歷史問題的爭吵，也不過是這一流風的最新版。

強暴歷史缺乏足夠的權力，演繹歷史沒有天才的想像力，等而下之，只有怯生生賊眉鼠眼吃歷史的豆腐。

這種作派，實在是歷史的不幸，臺灣同胞的不幸。

不過，歷史不幸也有幸。

就一時一事看，歷史可能逃不脫婢女的命運，有時被打扮，有時被強暴，有時被吃一通豆腐。

可是，就歷史的長河看，作為人類活動事實的記錄，其博大到足以匹敵無限的時間和空間。

其不在乎一時的得失，對作惡多端者的強暴和傲慢，一概默默地承受，並且寬容公正地將之紀錄下來。

就是這一寬容而公正的紀錄，任何人的惡行也逃不出歷史的手心。

只要你做了壞事，就立即被釘在恥辱柱上，並遺臭萬年。

模範天子李世民可以讓大唐帝國威震萬邦，可以欽定歷史將奪取皇位的玄武門事變說成是迫不得已，可以將自己勾結異族謀取李家江山的不光彩歷史推給老爸李淵。

可是一旦李家王朝不在，事實真相就以其邏輯的力量和本來面目還原於世。一如民諺所說，要讓人不知，除非己莫為。

當然，不獨李世民，不可一世的秦始皇，窮兵黷武的漢武帝，黃袍加身的趙匡輒，好大喜功的愛新覺羅·弘曆，也就是大家通常稱呼的乾隆，都喜歡打扮歷史、強暴歷史、做歷史的手腳。

當然，到頭來也都為此被釘上歷史的恥辱柱。

以是觀之，臺灣那些試圖打歷史主意的人可要當心了。

這些一手遮天的傢伙都偷雞不成反蝕把米，爾等何德何能，也敢跳樑吃歷史的豆腐。

且不說爾等的能量根本不可與這些人物相提並論，單是環境和現實，也早已不可同日而語。

如今的臺灣，既不是一人獨大，也不是一黨獨大，既不可能有人一言九鼎，也不可能有人言出法從。

即使真理，尚且需要過關斬將才能被公眾接受，歪曲歷史的勾當、吃歷史“豆腐”的謬誤豈能贏得市場。

即使為著效率和成本計，歷史的“豆腐”也很燙。

這種“豆腐”不好吃，識時務者為俊傑。

5.3 香港報導理性定位

香港和臺灣的存在，對於華族來說，真是有幸又不幸。

所謂不幸，一個是專制統治下華族挨打的符號，一個是兩個政治集團對壘決鬥的殘局。

所謂幸運，這兩個東南邊陲的小島以其特殊的經歷，又成了華族邁向現代文明的兩面鏡子，也成為華人主體邁向現代文明的幫手和推手。

香港報導與臺灣報導一樣，在中國的宣傳報導中都享有特別待遇，差別只是宣傳重點和宣傳口徑。

香港本身確實是一個傳奇。

從任何角度詮釋、比較，香港都是一個傳奇。

一個小島加半島，一群移民加難民，一個總督加殖民，一個古老大國的邊緣加亞洲大陸的邊緣，一無資源，二無遺產，全憑"自由港"的理念，成為耀眼全球的"東方之珠"，成為時尚文明的國際都會。

豪華現代與古樸傳統，擁擠紛擾與井然有序，奢侈豪華與安貧樂道，吵吵鬧鬧與公眾利益，商業利潤與文化傳承，華人社會與異質文明……國內任何一個類似地區無與倫比，全球任何一個無名小島難忘項背。

深圳拔地而起，廣東一馬當先，外資外匯源源不斷，出口進口絡繹不絕……改革開放的巨大記功柱上，香港元素璀璨奪目。

這是經濟民生層面的，政治上的好處和幸運可能過於耀眼，根本沒有人注意。

香港於中國的作用，有很多論述和說法，但都不足以概括其全貌。20 世紀 80 年代中國"改革開放"，愛國主義成為凝聚人們心理的精神粘合劑。

機緣巧合，香港成為殖民地租借期即將用完，不列顛主動送上門來探討續約的問題，給愛國主義送上無比鮮活生動的盛大禮物。

1982 年 9 月，鄧小平告訴英國首相，1997 年中國將收回香港的主權；1984 年 6 月，鄧小平告訴香港工商界訪京團，香港回歸後將實行“一國兩制”。1984 年 12 月，中英兩國領導人簽署關於香港回歸的聯合聲明。

從此，不僅香港同胞期待著回歸祖國的那一刻，香港和“一國兩制”也成為全國人民政治生活中的大事之一，成為民族復興的驕傲和標志。

1997 年 7 月 1 日零點，香港舉行迴歸交接典禮。

從新興都會深圳到古老的內蒙古草原，從濱海大連到戈壁深處的伊犁，從首都北京到全世界的海外華人，香港不折不扣成為華族最大、最生猛的愛國主義教育基地”！

香港回歸後的“一國兩制”，不但保持香港成為中國一隻會下金蛋的雞，而且法治多元，公正和諧，高效務實、民本民享。

雖然樓擠樓人擠人，可總是井然有序；一年四季常常大雨傾盆，卻少見“水漫金山”；小攤小販街頭巷間，卻沒有城管；也少不了舊城換新顏，卻不見暴力拆遷。

香港文化生活的多元和水準，與世界所有發達地區同步。每年持續八個月的文化節，幾乎全為世界各國頂級藝術團體的演出，街坊會、居民區時有邀請內地粵劇或其他地方劇在街心公園演出。

每一個大的居民區都有公共圖書館。

香港全民公費醫療，小、中學義務教育，至少三分之一的市民居住政府提供的廉價公屋。

香港的司法援助不封頂，有冤屈沒錢請律師，政府掏錢幫助你，直到討回公道。

華族夢想幾千年的司法公正在這裡真正實現，包括臺灣都難忘項背。

香港這個彈丸之地，這個歷經 150 年殖民統治的共和國特別行政區，實際上蘊藏著現代生活和品質生活的所有秘密。

香港濃縮著中國歷史和人類文明的所有機關。

香港的發達文明只是果，香港的社會運行機制才是因；香港的生活形態、市民“待遇”只是末，香港的法治、公正才是本。

流行的認知、說法陳詞濫調，其實都非常表面和膚淺。

例如，香港是個拜金社會，大家只關心金錢，不關心政治。香港是文化沙漠，只有銅臭。香港是弱肉強食的資本主義，是富人的天堂，窮人的地獄。等等。

一點不誇張，懂點香港遠勝念個博士。

常常說某人來自某地，一定瞭解某地的情況，其實不然；說某人據有某種資格某種職業，一定比其他人瞭解某事，其實不然；說某人有某方面的經驗和權威，一定知道某事某地的門道機關，其實不然。

瞭解一個地方，如同瞭解一個人、把握一個事件，獨立分析判斷，從眾多現象中把握本質和根本，也就是運用理性，只有理性，才是最有用的火眼金睛，是最可靠的探測器和診斷儀。

有了這種符合實際而理性的認識和把握，人民日報關於香港的報導從此以理性領航，開始探索全新的路徑，全新的視野，全面在國內宣傳報導中融入香港報導。

所謂的融入，就是理性運用於香港報導的總概括，大座標，就是香港日常報導全面貫穿的總靈魂。

“融入”不只是報導內容和位置的調整，而是在認識上蘊含著全新的思維，在行動上具有方法論的特質，在價值上具有哲學意義。

比如，改革和開放，開始的時候，只是一個政策和方向，但此後的 30 年，這四個字就完全變成了哲學和方法。

資本主義的核心也只有“資本”兩個字，可一經由理論進入實踐，正如馬克思所說，在一百年間所創造的財富，比人類有史以來所創造的財富還要多還要大。等等。

“融入”不但是自然界和人類社會一個普遍法則，而且是最自然最和諧最富生命力的那個法則。

這樣一個法則當之無愧，具備了哲學裏的理性內涵和特質，用這個法則引領香港報導前行，自然高屋建瓴，事半功倍，碩果累累。

從根本上找到了香港報導的價值，打開了香港報導的寶庫。報導思路豁然開朗，報導題目紛至遝來，報導資源俯拾即是，報導領域迅速擴展，報導內容極大豐富。

國內要吸收學習外國先進經驗和文化，要走出國門走向世界，香港已經將這些經驗文化消化融合了 150 年，並在國際社會有一席之地。

只要對比國內宣傳和香港報導，許多問題豁然開朗。

比如，從 1990 年開始，香港每年暑假都有一個規模浩大的國際書展，從 2006 年開始，我們都報導書展的特點和盛況，香港市民的反應和熱情。

我們當時以為，這個書展肯定會贏利。報導了好多年，有一年書展前夕，我們每日例行閱覽香港一家報紙，才從一條報導中知道，說香港書展是“虧本買賣”。

這完全顛覆了以往我們浮淺的印象，也又一次說明，香港這個商業城市，並不是金錢掛帥，該花錢的文化事業，賠錢也要照樣辦。

呼應國內文化體制改革改革的新舉措，我們進一步挖掘，將有一年的書展報導主題定在組織體系、財務來源、舉辦效果等方面，題目就叫《香港書展年年虧年年辦》。

報導一見報，189 家網路轉載。還有報紙專門發表評論，認為在境內外大視野下比較社會建設之得失，值得稱道。

香港交通奇跡之一的地鐵，既是公用設施，又是企業經營，方便快捷令人驚歎，政府還不給任何補貼，又獨步全球贏利賺錢。

第219期

2015年1月29日

百岁长寿 全球"车瑞"

香港电车活出传世风采

港澳在线

前後好幾年，有新機會新角度，我們就做港鐵的文章，從公共事業為何能盈利、地鐵換線乘車技術如何實現等問題切入，挖掘其深度價值，給讀者更有趣更新鮮的資訊。

每次稿件見報，都有大量網路微博轉載轉發。

再比如香港的人行道過街橋，真是不走不知道，一走很感慨，行走方便，設計合理，大部分過街天橋都有扶梯，有頂篷，與內地形成鮮明對照。

因此，我們先後寫了《地上通道井然通暢》、《香港步行很舒服》，介紹香港如何通過細微之處成就便捷舒適的步行通道，讓內地讀者見識一個合格便民的城市建設是啥模樣。

內地提高個人所得稅徵稅基數成為輿論熱點，香港普通市民的社會福利那麼多，“個人所得稅”到底怎麼征。我們幾次寫香港的稅收報導。

其中有《香港稅收民為本》、《算算香港居民的“個稅”賬》，告訴大家幾個數字：

——年收入 20 多萬元的“中產階級”兩人家庭，年稅額為 193 元。

——一個年收入 17.8 萬單身青年，只需繳稅 725 港元 .

——年收入 50 萬以上的約 28 萬人，繳納薪俸稅總額的 87.4%，其中，年收入 100 萬以上的 84000 多人，繳納薪俸稅總額的 62.06%。

《算算香港居民的“個稅”賬》報導刊登在人民日報 2011 年 11 月 10 日要聞四版。網路轉載 328 次，中國青年報就該報導發表題為《澄清網上真假 主流媒體有責》的評論，稱既然有不明就裡的公眾，就應該有站出來查明真相的報紙，並稱讚“記者的新聞嗅覺和調查作風值得敬佩”。

《東方早報》發表的評論《稅制改革需多方權衡多加理解》，稱本文不僅查證了微博的可信度，還對香港“個稅”為什麼低，有什麼經驗值得借取進行了探討。

羊城晚報等媒體全文轉載本報導，鳳凰衛視讀報欄目向觀眾介紹了本報導。

新浪微博的“頭條新聞”轉載本報導後，共有評論 1175 條，轉發 3324 條。

內地一些城市接連發生城管粗暴執法的現象，我們立即采寫了《香港沒有“城管隊”》，介紹香港管理城市的經驗和做法。

內地各城市堵車成為“新常態”，我們寫了《車流雖不小，堵車不嚴重》全面解析香港如何解決堵車難題。

國內發生災難事故，我們采寫《解讀香港應急機制》。

內地各級財政預算審議，不光公眾毫不知情，負有審議責任的人大代表也多知道不了多少。我們專門寫了《香港特區財政預算案：制定中互動 發佈後說明》，將辯論、批准的過程寫得很詳細，並指出這樣的審議才真正防止了腐敗，又為社會所認可。

這些報導都不短，都成為內地網路討論的熱門話題。

香港市民的出入境服務，差不多全球一流，正常情況下出入境基本分分鐘的事情。我們采寫了《貼心天使守護神》。

香港的司法制度保證了社會最大可能的公正，我們采寫了《公正不能有缺口》、《香港法律援助一年投入七億》。

香港是一個沒有上訪的社會，無論政府服務、商業服務，還是個人之間的糾紛，都有行之有效的機制處理。我們采寫《百餘投訴管道 件件投訴有果》，讓內地讀者知道一個真正的“和諧社會”是怎樣煉成的。

中國紀念改革開放三十周年，我們在“東方之珠大放異彩”（《人民日報》2008年11月22日）專稿這樣描述香港的作用。中國“改革開放30年，至少有七個‘之最’詮釋著香港元素的內涵和價值：內地最大的外資來源地，內地最大的外匯來源地，內地最重要的經濟合作夥伴和內地對外投資的最大目的地。還有最大的境外捐款總額，內地最大的商品輸出口岸和最大的國門。”

2013 年前後，所謂內地與香港“兩地矛盾”甚囂塵上。

先是香港政府實行奶粉限購令，接著又有跨境學童、奶粉、旅遊糾紛、地震捐款等問題。

事實上，這些問題只不過是正常社會中的一些浪花，根本不是什麼“矛盾”。

我們仍然以清醒理性的聲音，發出一篇篇堅實有力的報導，以正視聽。

其中跨境學童的報導，挖掘出一些鮮為人知的資料和原由，不僅香港各界高度肯定，香港“教育局都相形見絀”。

再比如，汶川地震後，香港政府決定向災區捐款。但是，一些議員以紅會不透明為由，發起“抗捐”，一時擾攘不已。

撥款通過後，不但立即采寫消息《撥款 1 億港元捐助四川賑災》，並肯定香港一些人呼籲內地提高賑災款使用透明度是有道理的。

接著又采寫了《香港紅會善款如何善用》，介紹香港紅十字會在善款使用上的做法，使得香港本地主流媒體都另眼相看，紛紛報導。

針對一引人的偏執和情緒，我們撰寫評論《請用同理心，跳出內地口水仗》。針對自由行是給香港人送大禮的說法，又采寫《個人遊給香港帶來了什麼》。針對有些人對香港個別現象的誇大其辭和有意誤導，又采寫《請記住那些溫暖的畫面》。巧妙含蓄地報導真正代表香港社會的主流價值和正能量。

5.4 人物評論理性獨贏

人物報導是所有報導中最易引起爭議的報導，也是最容易感情用事的報導。

以公眾人物的所作所為为根据，以族群、人类文明进程为尺度，客觀、理性描绘其本来面目、揭示其功過得失，不僅是媒體人的使命，也是社會大眾的需要。

2003 年 10 月 23 日，宋美齡在美國紐約辭世。

宋美齡的一生，濃縮著當代中國的半部歷史，也濃縮著中國幾千年權貴的命運和悲喜劇。

鋪天蓋地的報導評論聲中，唯有理性的聲音是最強音，也是最經得住歷史考驗的聲音。

當時，我正在海南出差，手頭沒有電腦，回北京途中，在飛機座位上，用酒店的便箋，草寫評論“‘送’美齡，說命運”（《人民日報》11 月 5 日），為曾經紅極一時的宋三小姐送行，全文如下：

今天，最後一次，宋美齡讓萬人矚目，賓客盈門，讓洛陽紙貴，鎂光閃爍。

宋美齡，這個 20 世紀中國最富於傳奇色彩的女性，終結了生命華章，留下了無數遐想。

哲人說過，有人生來重要，有人變得重要，宋美齡兼而有之。因此，成為那個時代最耀眼的新女性。

海外新富的家世，儀態萬方的麗姿，美式教育的底蘊，聰穎要強的個性，以及混亂動盪、群雄並起的社會，一起造就了一個與中國傳統女性完全不同的寵兒。

繼而，這個寵兒憑藉婚姻登上中國的最高政治舞臺，成為蔣家王朝的第一夫人，可謂當時之世，舍她其誰！

中外歷史上的同類人物，如唐朝的武則天、俄國女皇葉卡捷琳娜二世、法國波旁王朝路易十六的王后瑪麗·安托內特和大家都熟悉的慈禧太后，要說綜合實力，沒有人比宋美齡更有資格充任這一角色。

可惜，這位最有資格充任其角色的女性，既沒有能像武則天、葉卡捷琳娜二世那樣親掌權柄，獨立寫出歷史的一章，也沒有能像慈禧那樣垂簾聽政，至死掌握權力不放，倒類似于路易十六王后瑪麗·安托內特，成為人民革命的棄兒。

比路易十六王后幸運者，後者最後被送上丹東、羅伯斯庇爾的斷頭臺，而宋美齡尚有一隅之地保全體面作威作福，最後自我流放異國他鄉頤養天年。

結局如此，過程更加不如人意。

自從披上蔣家王朝的鳳袍，這位貨真價實的千金小姐就沒有安生過。

先是國共兩黨的戰爭，繼而抗日戰爭，再而三年內戰，再而敗退臺灣抗拒祖國大陸統一。

從上海遷到南京，從南京逃到重慶，從重慶返回南京，又從南京逃到臺北，從臺北遠走紐約，顛沛流離的歲月遠遠大於安享榮華的光陰。

期間又有西安事變、敗退臺灣、聯合國代表席位生變，更有險象環生、風雨飄搖。

世界上大概沒有哪個“第一夫人”像她那樣過得朝不保夕、離奇曲折。

斯人已逝，人言多善。東西文化在這個時候都很寬厚。

即使暴君獨夫，但凡壽終正寢，感念之舉、安魂之曲總會有的。

泱泱風度如曹孟德者，給自己的敵人和對手也要舉行隆重葬禮，灑淚送別。

宋美齡風雲一世，蓋棺無定論，功過不置評，人不分黨派，地不分兩岸，送其安息，悼其千古，正是這種文化的繼承和延續。

但有一點可以肯定，一個人的命運與其所在的民族、國家和時代的命運密不可分。

個人再有力量，也敵不過民族國家的意志和追求，敵不過時代的演進和時勢的變化。

宋美齡的蹇運在於，她將自己的命運完全系在了蔣介石國民黨政權那艘漏洞百出的破船上，也就跟著這個政權背離了中華民族的意志和追求，從而將自己置於一個有所作為卻無可奈何的境地。

映照她風光無限的歲月，悲壯無奈的晚景何其不幸。

這就昭示人們，無論個人還是群體，無論組織還是黨派，無論本身有多大的能量，只有服膺了民族的意志和追求，只有順應了時代的演進和潮流，才會有輝煌的命運和光輝的前程。這就是命運的法則。

與宋慶齡形成鮮明對照的是蔣經國夫人蔣方良。這位取代婆婆的“民國”第一夫人，完全是宋美齡的另一極。

宋出身華人富豪，蔣出身沙俄貴族。

宋驕生慣養，蔣淪為賤民。

宋是洋化華女，蔣是漢化洋女。

宋嫁將是英雄美女，蔣嫁蔣是落難真情。

宋當第一夫人飛揚拔扈，蔣當第一夫人賢淑忍讓。

宋隨蔣敗退臺灣依舊作威作福，蔣跟蔣當上“總統”夫人照樣低眉順眼。

宋在美國頤養天年客死他鄉，蔣在臺灣喪夫喪子晚境淒良。

蔣方良的一生真是大喜大悲，大起大落，就像瞬間越過顛峰和深谷的過山車，榮也極致，衰也極致。

但她真正做到了榮辱不驚，貧賤不移，富貴不淫，威武不屈，十足一個金髮碧眼的洋“君子”、“洋淑女”。

蔣於 2004 年 12 月 15 日離世，我的署名評論《演繹童話蔣方良》（《人民日報》2004 年 12 月 22 日十版）聚集其傳奇一生，全文如下：

圖爲1944年結婚九週年留影。中國人說「嫁雞隨雞」和「入境隨俗」。蔣方良來到中國後，學會了國語，而且還是寧波口音。圖中她的髮型反映當時西方的流行趨勢，衣著則充滿中國味，以旗袍造型出現。人生境遇的奇妙，從蔣方良身上充分流露。她從未想過她會愛上一個異國男子，也無法想像對方是中國領導人之子。

蔣方良与蔣经国

冬天是童話的季節，童話是冬天的最愛。

美麗的灰姑娘巧遇落難的王子，丘必特之箭射穿相惜之心，撒旦製造種種劫難，有情人經磨曆劫雙雙走向金鑾殿。

歐洲古老的童話，角色有異，情節不同，主題大抵總是如此。

剛走完人生歷程的蔣方良，經典地上演了這種童話的現代版。

在 20 世紀 30 年代西伯利亞的冰天雪地裏，時稱芬娜的蔣方良是無產階級女工，時稱尼古拉的蔣經國是史達林對付蔣中正的人質，而蔣中正是屠殺共產黨人的劊子手和中國革命的叛徒。

從認識到戀愛，從結婚到生子，蔣方良比童話中的灰姑娘更勇敢更單純。

蒋方良与蒋经国

最後，一如童話情節，一夕間，烏雲散儘是太陽，尼古拉回國變太子，芬娜太妃成方良。

只不過，童話畢竟是童活。童話是成人的夢幻，是兒童的憧憬，生活遠比童話更現實更無情。

灰姑娘變成王妃也是一樣，童話的羅曼很快就變成生活的考驗，異國情調的新鮮不久就演變成全新的挑戰。

曾經是孤兒的蔣方良，如今身處四世同堂；曾經平凡到為眾多勞動人民的一分子，如今尊貴到為最高統治者的兒媳婦；曾經張口就來捲舌俄語和黃油麵包，如今結結巴巴要學寧波國語和中國菜肴。

角色適調、環境變化、生活方式、人際關係，從天我湖故鄉走來的蔣方良一切都必須從零開始，唯一能派上用場的只有列寧的教導：無產階級沒有祖國。

當然，比起生活和習慣上的困難，充任當時中國第一家庭第一媳婦的角色更是一場惡夢。

既有冷酷固執的蔣中正為公公，又有飛揚跋扈的宋美齡為婆婆；既有政治的爾虞我詐，又有權力的勾心鬥角；既有蔣經國官場的進退沉浮，又有章亞若愛情的出現消失；既有逃難臺灣的屈辱痛苦，又有身處孤島的擔驚受怕。

到晚年，又是蔣經國突然撒手人寰，又是親生子接踵命赴黃泉。

可憐的蔣方良，幸運的灰姑娘，榮耀遠不抵重負，幸福遠不抵悲傷。

古往今來，有誰像她那樣彷佛一架美麗的風箏，不由自主地放飛和飄舞、升降和墜落，又有誰像她那樣經歷如此之多的大起大落、大喜大悲、命運多舛和離奇曲折。

蔣方良，一個跨越歐亞大陸的傳奇，一個相容東西方文明的驚歎，與其說是經典童話的現代復活，不如說是動盪時代古典童話的演繹，而且比童話中的人物更真實、更感人、更令人讚歎。

無論清苦貧寒，還是榮華富貴。無論情感至傷，還是人倫巨痛。無論潮漲潮落，還是榮耀哀傷。蔣方良永遠是西伯利亞時代的芬娜，謙卑溫婉、樸實無華、勇敢堅毅、雍容大度。

古往今來的豪門世家鮮見如此清新的形象。

香消玉殞，人言多善。善言中有姿態，有寬容，有做秀，有禮節，並非斯人一生功過之真實寫照。

唯蔣方良，越是瞭解，越是熟悉，越感動其人格的魅力；越是比較，越是分析，越讚美其品行的可貴。

生命只一回，斯人最長久。

李敖傳奇也是見仁見智。

這位華族“才子”的現代版，西方左翼知道分子華人版，身在臺灣心在大陸。

跟國民黨是死對頭，卻比國民黨還愛大陸。

跟共產黨老死不相往來，卻心心相印惺惺相惜。

跟民進黨是戰友是難友，卻分道揚鑣化友為敵。

恃才傲物又玩世不恭。自我矛盾又拼命自圓其說。

文章犀利睿智，使用華語出神入化。

悟性極高閱讀極廣，博聞強記信手拈來，反應敏捷聰穎，就是故意耍賴，也邏輯嚴謹揮灑自如。

我在臺灣造訪他，一睹他的風流倜儻，挖出他從未明示的價值傾向——《李敖自暴真面目》（潔本）（《人民日報》2005年3月30日）

摘要如下：

記者：你的書在大陸有很多讀者，凡在大陸出版的書我

本書著者（中）採訪李敖

們當中有人幾乎每本都讀過。不過有些寫得不夠好，比如蔣介石評傳，你和汪榮祖先生合寫的，看到一半就讀不下去了，主要問題是太不客觀，文字也粗糙。

李敖：啊，這本是汪榮祖用我積累的材料拿剪刀剪出來的，再加了一些他在美國收集的材料，結合得不夠好。哎，不好的都是汪榮祖寫的（大笑）。

記者：很多讀者讀你的書對你很敬仰，結果看了鳳凰衛視節目中的你很失望，覺得敗壞了你的聲望，是不是你沒有發揮出來？

李敖：也可能是老了吧，老了就顛三倒四的。看來還是不能被看到，通過文字比較有感覺（笑）。切入點不一樣，感覺也不同。在電視裡跟演員一樣，得演。其實有些也還不錯，你小看我了。比方在鳳凰台的節目裡，我展示了幾篇文章，是毛澤東的，那是毛澤東 1920 年寫的，別人找不到，只有我能找到。

記者：李先生俠骨柔情，多年來寫文章批評人家不講情面，不手軟，包括美國，但從未批評過我們共產黨，可以感覺到你對我們党蠻友好。

李敖：我對《毛選》、《鄧選》（《毛澤東選集》、《鄧小平文選》）和《列寧選集》掌握最熟。這跟小的時候有關，我在北京時就痛恨國民黨，嚮往共產黨，對左派刊物比較感興趣。所以我們大家都有一個共同的夢，就是希望中國強大起來，繁榮起來，跟資本主義鬥。我們這代人比較愛國。我在臺灣不是藍色，也不是綠色，是紅色，我不掩飾這一點，就像西班牙的大畫家畢卡索一樣。

記者：去年你還說過，“中華民國”是偽號，你這麼一來不就當了偽“立法委員”了？

李敖：哎，他們是偽的，我是真的（笑）。所以，我現在是無產階級參加資產階級議會，是要顛覆它。

記者：很多人都議論，說李先生身為文章大師，當一個偽“立委”是晚節不保啊。

李敖：不啊，我這是為國捐軀啊（大笑），臺灣只有我敢談“一國兩制”，別人不敢談，一談就被說是中共同路人，只有我講，我講沒有事。我在臺灣混得很久，沒有人懷疑我。我不是搞政治，那是個平臺，是個視窗，我要在這個地方講與大陸來往的好處，以利誘人。

記者：從前你曾挖苦臺灣一些文學家詞典沒有把你收入，其實沒有必要，你是思想家，幹嗎往文學家堆裡混啊。

李敖：得撈過界幹幹啊（笑），橫跨好幾個界啊，學問成家，就要這個家、那個家。我在臺灣能混下來就是老早就覺悟到錢的重要性，口袋裡有幾個臭錢，藏了點錢。就像佛蘭克林講的，口袋是空的，腰杆就挺不直。你控制不了我，我會有飯吃。而且，我不把錢藏在我名下，而是藏在別處，你沒收我的財產都找不到。

……

比起“足本”，“潔本”大概只占三分之一內容。

但李敖的對生活、對政治、對臺灣和大陸的基本傾向都在其中。

後來李敖赴大陸演講，再後來發表各種看法，一些人十分緊張，一些人暗暗叫好，一些迎頭痛罵。

其實，只要讀過這篇短短的專訪，李敖的基本人格都在其中——恃才傲物，特立獨行，玩世不恭。

既不是愛國義士，也不是民主鬥士，而是孫悟空的人間版、我行我素的蓋世太保。

陳水扁政壇沉浮也引人入勝。

由“根紅苗正”的“貧下中農”，當上臺灣的“總統”，最後又讓國民黨以“貪污”罪關進監獄。

大學聯考以全系第一高分考入臺灣大學法律系司法組，以學生身份報告律師獲得年度律師高考第一名。

政治志向和人格在學生時代已經表現得淋漓盡致，是空前絕後唯一一位學生律師。不光為美麗島被告辯護，又創辦《蓬萊島》雜誌“爭取百分之百的言論自由”。為抗議國民黨的司法不公，寧可坐牢也不上訴。街頭抗議總能別出心裁吸引眼球，當立法委員又是國民黨要員的照妖鏡和剋星。

最後在國民黨獨霸政壇的局面下，陳水扁第一個競選臺北市長成功，隨後又競選“總統”成功。

世俗輿論都罵他是政客，其實他是冒險家，跟政客八桿子打不到。

2004 年，陳競選連任“總統”，我寫署名評論“冒險家比政客更可怕”（《人民日報》2004 年 1 月 14 日）以正視聽。

摘要如下：

臺灣的報紙，最精彩莫過於漫畫。

鋪天蓋地的報導，連篇累牘的文章，常常感情多於理智，煽情多於分析，真正擊中要害的真知灼見鳳毛麟角。

反而是不起眼的一兩幅漫畫，卻常常將人們最關心的事件描繪得惟妙惟肖，入木三分。

最近有兩幅關於陳水扁的漫畫就至為傳神。

一幅是陳水扁駕著“公投”坦克衝鋒，前面遭遇山姆大叔的當頭棒喝，後面的退路已經塌陷，下面是無底深淵。

一幅是陳水扁玩雜技走鋼絲正走到一半，手裡正打著行動電話，腳下洪水滔滔，前進的路遠，後退的路亦遠。

點睛之筆都一样——“前進和後退同樣危險”。

事实上，陳水扁一路走来，拿手戲正是冒險犯難、鋌而走險、火中取栗、豪賭猛賺……

從無視國民黨的恐怖統治挺身為美麗島事件辯護，到以身試法競選國民黨真獨裁假民主面具下的“立法委員”，從以小搏大出馬角逐臺北市市長，到試試運氣爭搶2000年的“總統”寶座，冒險豪賭總是與陳水扁如影隨形。

不冒險就沒有著名的陳律師，不冒險就沒有年輕的陳“委員”，不冒險就沒有國民黨以外的陳“市長”，不冒險更沒有將國民黨擠下臺的陳“總統”。

一言以蔽之，不冒險就沒有今天的陳水扁。

這樣的陳水扁，臺灣一眾名嘴和政敵居然罵他政客，送頂政客的帽子給他戴。

政客者，庸俗政治人物之謂也。

身在其位不謀其政，為做官而做官，為掌權而掌權是其一；沒有政治信仰，見風使舵，人云亦云，八哥學舌是其二；只圖自己八面威風，安享榮華富貴，不管天下蒼生，無視社會危機是其三；沒有是非標準，沒有人格國格，昨是今非，昨非今是，出爾反爾是其四。

政客的樣本公諸於世，台灣政壇一抓一大把，唯獨抓不到陳水扁。因為政客絕不冒險，冒險不是政客。

古往今來，沒有任何一個政客以身試法挑戰威權統治，也沒有任何一個政客為了權力願意坐牢。

僅此一條，陳水扁就不是政客，而是冒險家。

作為個人，這樣的冒險家常常會挑戰既有社會秩序，成為既有制度的危險人物。

作為掌管社會公共事務的政治人物，這樣的冒險家大多會給社會帶來災難。

19 世紀的拿破崙、20 世紀的希特勒是歷史的鏡子，前不久被逮的薩達姆是鮮活的標本，其他次一等的還有很多。

冒險家陳水扁雖然不能跟他們相提並論，但手握行政大權，攸關兩岸局勢，若是玩火，危險更大，後果更嚴重。

冒險家比政客這個形象更符合阿扁的原型，也比政客這個標籤更具殺傷力。

政客的造型，馬英九才是活标本。

油頭粉面，能说会道，花拳绣腿，胸无点墨，干大事惜身，见小利而忘命。

留學美帝，跟大部分官二代一样，只是镀金，在蔣經國身边当翻譯，不過動動嘴皮子，在現成的語言文字之間打轉，對權力的感受與認知、掌握與運用蜻蜓點水、一知半解。

李登輝從大學撈他出來，就是看中這些招牌能夠迷惑一批國民黨長期洗腦教育的中產階級和知道精英。

當上臺北市長，一路高歌猛進，迷倒許多選民，也燃起國民黨的信心和希望。

名嘴、媒體的包裝與造神，泛藍勢力的失落與夢想，效應疊加，眾星捧月，將李登輝提拔的“廖化”，送進“總統”府。

臺灣名嘴、媒體及泛藍勢力自不必說，全球華人，都從自己的不同願望出發，將不同的希望寄託在“小馬哥”身上。

香江才子陶傑都寫出半版長文，“願馬英九能垂范一個明天的中國”。

得益於在臺灣採訪獲取資訊的全面、詳盡，包括與馬當面互動、近身觀察，以及長期以來對政治人物的興趣和研究，我論定“脂粉馬英九，中看不中用”（見本書附錄2），人格、家世是袁紹的當代版，形象和智商是馬超的親兄弟。

個性和能力都不是作“總統”的料，全部本事只夠當個中學校長，而且是女子中學的校長。

《三國演義》裏，袁紹的定位大家耳熟能詳，馬超被打扮成英雄。

仔細看，馬超繼承老爸“30萬”西涼精銳，要是像曹操和秦皇一樣會玩，就是秦皇再世、曹操復生。但馬超憑一時的衝動、任性和愚蠢，千里迢迢把所有家當一次送進曹操的虎口，最後給劉備混混打工賣命，敗家毀己史上找不出第二個。

八年下來，馬英九以實際行動證明，我的判斷和論定生動逼真、惟妙惟肖。

馬英上臺的時候，跟馬超東進關中、攻擊曹瞞一樣，有無限的願景和可能。

馬英九下臺的時候，也跟馬超一樣，最終將國民黨虛幻的威望和光環消耗得慘不忍睹。

慘烈到所有虎視眈眈權力的政客一時都成了縮頭烏龜，沒一個敢出來爭奪“總統”寶座，成了人類選舉史上的笑話。

尤其是馬“總統”猛攻王金平“院長”一役，淋漓盡致暴露出一桿銀樣蠟槍頭是怎樣煉成的。

王金平是國民黨臺灣本土派的代表人物，浸潤政壇四十多個春秋，圓滑世故，長袖善舞。身為國民黨扶上臺的“立法院長”，但與民進黨人有著千絲萬縷的聯繫。

這也是選舉政治生態下的必然產物，參加角逐的各個政治集團和黨派，大家之間的關係不是你是我活不共戴天的敵人，而是政見不同、誰能贏得選民支持誰勝出的對手。

因此，民進黨人有案底在法院，王金平身為“立法院長”打個招呼過問一下，只要不是明顯給法官施加壓力，或要求法官高抬貴手，這種事情揭露出來，最多是王金平的形象受損，憑這一條讓王金平下臺，那可就小題大做，直把鳥槍當炮使了。

但馬“總統”的出擊眾所周知，可謂如獲至寶，大喜過望，不但親自出馬，還義正詞嚴。

“總統”要將“立法院長”拉下臺，這可是憲政民主的最大危機，登時就掀起一場巨大政治風暴。

結果，“王院長”跟老泥鰍一樣，不溫不火，根本就不跟你正面交鋒，聘用律師，動用司法，通過第三條道路，步步為營，釜底抽薪，幾個回合下來，馬“總統”輸得連內褲都沒有了，只剩不堪回首的得意忘形和“大義凜然”。

王“院長”還是院長，還是穩坐“立法院”各方敬服的“國會領袖”，還是那麼笑嘻嘻地“總統”長、“總統”短。

可是，王“院長”每叫一次“總統”，馬“總統”大概就得回味一次自己的丟人現眼。

附錄一：

李敖自暴“真面目”

時間：2004 年歲末

地點：臺北東風街李敖寓所

場景：“書”徒四壁，頂天蓋地，並於 100 多平米房間的中心地帶形成書島。臥室、書桌、沙發、洗室偏安一角或其間。

記者：我們第一次來臺就想見見李先生，不巧總是約不上。

李敖：其實很好約，主要是沒有搭上線，另外不能讓你們見多了，得留點神秘感（笑）。

記者：李先生的傳奇，不會因為見光多少而受影響。

李敖：還是會。你們是不是後面還有人跟？

記者：開始來臺的時候有，現在沒有了。沒有價值跟，純屬浪費公帑。

李敖：不不，你們是大人物，現在他們還是跟，是考勤記錄上還在跟，只有人不來了，我當年被監視就是如此。

記者：哈……我們還有此一同。我曾看完李先生的全部著作，並買了你的不少書送朋友和同事，成為你的書籍推銷員，所以，要給李先生要點傭金……

李敖：啊，看來我得小心點，你們瞭解我很多，我不瞭解你們，這是不對稱（戰爭）啊（大笑）。

記者：不過，有些書你寫得不夠好，最不好的是 < 蔣介石評傳 >，你和汪榮祖先生合寫的，看到一半就讀不下去了，主要問題是太不客觀，文字也粗糙。

李敖：啊，好的都是我寫的，不好的都是汪榮祖寫的（大笑）。是汪榮祖用我積累的資料拿剪刀剪出來的，再加了一些他在美國收集的資料，結合的不够好。

我在大陸出版的書有很多關鍵文字被删掉了，所以，我都靠一些糟粕在大陸混，精華都沒有了。

記者：所以啊，你應該什麼時候回大陸讓你的真面目暴露一下。

李敖：現在還早，伏爾泰八十歲才回到巴黎，我到了楊振寧那個年齡，也就 82 再說吧。

記者：也是想有一個 28 歲的女生等著你？

李敖：的的，我今年 68 歲，有個 86 歲的人等著不好，太老了，還是再等兩年，到了 71、81 或 91 的時候吧，找個 19、18、或 17 的女生帶回來（大笑）。

曹先生是哪個省的人？

記者：陝西人，打古寧頭戰役的胡鏈和守金門的劉玉璋是我們的“鄉黨”。

李敖：哈哈，十陝九不通，一通就成龍，陝西人一般混不起來，混起來就很厲害。

張大千到金門勞軍，說劉將軍你穿軍裝很威武，劉玉璋說，嗨，我什麼者不穿更威武。

這個陝西人好厲害，訓練打靶，讓班代舉著靶，由阿兵哥開槍打。班代要是沒把阿兵哥訓練好，就會被打到。他是唯一沒有被共軍打敗的將軍，因為他跑得快。還有個孫立人，沒有與共軍打敗仗的記錄，主要是還沒有打，就顛啦。（大笑），都覺得失望，沒有你書裏描繪得那麼形象高大。

李敖：可能是老了吧，老了就顛三倒四的。看來還是不能被看到，通過文字比較有感覺（笑）。切入點不一樣，感覺也不同。在電視裏跟演員一樣，得演。其實也還不錯，你小看我了。

我在節目裏展示了幾篇文章，是毛澤東 1920 年寫的，主張湖南省獨立，認為其他人束縛了湖南，湖南要獨立，各省也要獨立。但毛十個月後很快就改正自己的觀點。毛如此英明都花了十個月時間，大陸也要給臺灣一點時間，要讓他們明白獨立行不通，因為臺灣離開大陸已經 105 年了。

記者：李先生寫文章罵人無數、包括美國，但從未說過我們共產黨不好，對我們黨相當友好。

李敖：是的，我對毛選、鄧選和列寧選集掌握最熟。跟小的時候，我在北京時就痛恨國民黨、嚮往共產黨，對左派刊物比較感興趣。所以我們大家都有一個共同的夢，就是希望中國强大起來，繁榮起來，跟資本主義鬥。

我們這代人比較愛國。我在臺灣不是藍色，也不是綠色，是紅色，我不掩飾這一點，就像西班牙的大畫家畢業索一樣，是自成一家的就像西班牙的大畫家畢業索一樣，是自成一家的另類共產黨。

記者：（笑）你可以成為我們統戰的重要對象……

李敖：不需要統，我自個兒就來（笑），不統自來。要給共產黨時間。共產黨花了二十年打江山，後來又耽擱了 20 年，現在得到了正果，知道怎麼做了。

對不起，在你們面前再賣賣列寧，列寧的左派幼稚病裏就說無產階級參加資產階級議會就是要顛覆它。所以，我現在是無產階級參加資產階級議會就是要改造它。

記者：對啊，去年你還說過，“中華民國”是偽號，這么一來，你就当了伪立法委员。身为文章大师，最後晚节不保。

李敖：哎，他們是偽的，我是真的（笑的）。我這是為國捐軀啊（大笑）。臺灣只有我敢談“一國兩制“，別人不敢談，一談就是中共同路人。我講沒事，我在臺灣混得很久，沒有人懷疑我。

我也不是搞政治，那是個平臺，是个窗口，我要在這個地方講與大陸通商的好處，以利誘人。會跟陳水扁講，你跟兩岸通了你可以和胡錦濤得諾貝爾和平獎啊。

記者：你曾挖苦臺灣一些詞典沒有把你作為文學家收入，你是思想家，幹嗎往文學家堆裏混啊。

李敖：得撈過去幹幹啊，（笑）橫跨好幾個界才是。學問成家，就要這個家、那個家。

記者：李先生學問做得好，心態保持好，生活更有情趣，還業餘玩一把政治，與傳統讀書人大异其趣，有什麼絕竅。

李敖：整天橫眉冷對多累啊，像魯迅，就早早死啦。人不快樂，整天生氣，文章寫得也不好，有古文，有洋文，很彆扭。我要做戰士，不要做烈士，打敗別人，這才是本事，還沒有做事，就被別人收拾了，算什麼英雄。强者的玩法不能酸不溜溜，哭哭啼啼。

我在臺灣能混下來就是老早就覺悟到錢的重要性，口袋裏有幾個臭錢，藏了點錢。就像佛蘭克林講的，口袋是空的，腰幹就挺不直。你控制不了我，我會有飯吃。

而且，我不把錢藏在我名下，而是藏在別處，你沒收財產都找不到。

競選立委的時候，來了八個保鏢，前後四輛德國產黑色寶馬，浩浩蕩蕩，中間夾的是我的坐車，你們猜什麼車？ 一輛最普通的計程車。這樣子沒譜，不够派，在別人看來，抹不開面子，怕跌份，我不在乎。

告訴你一個故事，2000年總統選舉，幾個候選人要照像，我說要照可以，我站中間，其他人問為什麼，我說我年齡最大，他們說可以。第二次照，我還要站中間，他們問為什麼，我說抽籤我抽三號，五組候選人，我當然在中間。（大笑）第三次我還要站中間，理由是依照慣例（大笑），結果，他們都不肯上來，都在抱怨，最後陳水扁說就讓他站中間吧。我要看到兩邊各有兩個人才照，否則就不照，一點虧都不吃。（大笑）

記者：說到陳水扁，從前臺灣有一本刊物叫《爭取百分百言論自由》，是你與陳水扁合辦，現在你們倆關係怎樣？

李敖：對，總監是我，發行人是陳水扁，那時他還是小老弟，關係不錯，現在沒有來往了。我65歲生日時，他送我書、簽名祝賀。他競選時，我罵過他，他捎話希望我口下留情。

記者：聽說我們要來看望你，有個很崇拜你的美女也想來，可惜去大陸了，沒有回來，不過她再三要我轉達，回來後請你一起吃飯，你什麼時候有空？

李敖：啊，美女，有多美？

記者：高、瘦、白、秀、幼啊。

李敖：嗨，行裡人說的話，那一定年齡很小啦，很小就該我請了，怎麼能讓美女請，得我請美女才成。

記者：哈哈，看來醜男人是沒前途了，美女不請我們，我們又請不到美女。

李敖：（笑）不會啦，要說醜，你們有一個部長實在是太醜了，給全世界看著都不搭調。你們還有一個特點就是現在的官員們都不會笑，都是一本正經，能憋出笑，這本事很大，最能憋住笑的是某個政治局委員，總是冷若冰霜，很佩服他們。老一輩的還可以，周恩來比較靈活，陳毅有性情，毛澤東灑脫，喬冠華也可以。嗨，你是第一個會笑的共產黨。

記者：嚴肅能給人威嚴感。

李敖：對啊，你們的人民日報、中央台、中央電視臺都是這樣，都太硬，沒有包裝好，沒有糖衣，第一口就是苦的，這不行，要反省。

記者：謝謝李先生，希望你早早回大陸看看。

李敖：沒關係，就跟你們講的不同，跟其他人講的都一樣，（跟曹耳語）都是 XX 打鼓——一個點（大笑）！

記者：你平時總帶一副黑眼鏡，是眼睛有問題，還是跟你上大學時穿長袍一樣，有什麼講究？

李敖：沒有什麼講究，就是一種保護，讓你們看不到我的真正面目。不過，可以給你們看一下（摘掉眼鏡），眼睛沒有問題，不是嗎？哈哈。

附錄二：

脂粉馬英九
中看不中用
（節選）

臺灣選舉塵埃落定，馬英九及國民黨“赢”得“總統”寶座和執政權。

馬、“國”勝選，選票表面上來自多數民眾，實際上來自強大的臺灣主流媒體和名嘴，是這些名嘴和媒體造神運動的成功。

臺灣的主流媒體、名嘴名士，外省的二代、三代，國民黨及其傳人，只要去民進黨而後快，使出吃奶的力氣，都要拱小馬哥上臺。

馬英九形象斯文、潔身自好，是乖乖牌好學生，好丈夫，但智商有限，大腦處理資訊遲鈍，抓不信問題的本質，既沒有駕馭複雜局勢的智慧，又沒有面對困難和危局的擔當、韌性和意志。

論政績，連一向擁馬的媒體都承認，馬英九八年臺北市長除了推行垃圾費隨膠袋收費政策，其他乏善可陳。

論經歷，端賴李登輝欽點競選臺北市長，沒有任何自主作為的問政、參政記錄。

論智慧，馬英九色厲膽薄，好謀無斷，凡事沒有主見，幹大事而惜身，見小利而忘命。

論清廉，馬英九的“特別費”雖無故意貪污之名，但難逃無意私吞之嫌。尤其國民黨的貪污腐敗，民進黨陳水扁的那點小偷小摸絕難望其項背。

論政治品德，馬英九是一心一意效力兩蔣和國民黨統治台灣的禦前侍從、對社會公義、權力轉型、憲政法治不但沒有絲毫貢獻，而且沒有任何明確態度、立場和主見。

論能力，馬英九屬於花拳繡腿的表演型人物，一遇危機和複雜局勢就方寸大亂。

臺北市長任內的所有危機，無一不暴露出其領導能力的重大缺陷，包括：納莉風災導致捷運沿線淹水、北市警察擄妓勒索引起軒然大波、和平醫院爆發集體感染 SARS、富邦招待所事件、三重水患、捷運電扶梯絞扯民衆頭皮事件、邱小妹醫療人球案、民政局長何鴻榮疑似傳緋事件、市政府官員疑似接受性招待關說舞弊案、養工濾處濾青弊案等等。

一向擁馬的一家刊物就說，馬英九“願景規劃、領導格局、管理能力 …… 都是問題。“另一家刊物也直言：”此君（指馬英九）船頭懼鬼、船尾怕賊的道德潔癖之狀，當一個中學學生會長都沒有資格。”

但是，國民黨統治臺灣半個世紀，擁有社會、教育、輿論全部資源，包括法院，都是國民黨的家奴。更是國庫能黨庫，黨產積累豐厚。

臺灣近 100 家電視臺，近百分之 90 都是國民黨控制並或通過政府、軍隊或財團創辦經營。4 家大報，2 家爲國民黨的傳人所擁有，1 家是國民黨的堅持支援者。這些媒體以及幾乎所有文化精英，都不容民進黨上臺執政，只要能出陳水扁和民進黨人的醜，那怕是魔鬼，他們都願意擁抱。

馬英九以一張漂亮的臉蛋加李登輝創造的名簽“新臺灣人”擊敗臺北市長陳水扁，登上權力舞臺，國民黨各種勢力所辦媒體和“名嘴”都將希望寄託在馬英九的身上。沒有馬英九，就沒有國民黨的臺灣。

馬的政績不佳、能力不濟本來是致命罩門，但媒體和“名嘴”們要麼只字不提，輕描淡寫，要麼亡顧左右而言他，誇大馬的那些表演功夫，掩蓋其致命缺陷。

馬犯的任何錯誤、暴露出來的任何問題，媒體和“名嘴”們總有理由開脱、總有巧言辯護。

陳水扁出了“國務機要費”醜聞，媒體和“名嘴”們對陳水扁窮追猛打，標準嚴得不能再嚴，司法認定不是貪污，但媒體和名嘴們還是“貪污”不離口，貪污幾乎成了陳水扁的代名司。馬英九爆出市長特別費醜聞，同樣是這些媒體和名嘴，則文過飾非，以各種方式證明馬不是貪污，只是粗心而已。包括馬英九被揭出挪用特別費醜聞後的捐款行爲，都被說成是沒有貪污的證據。

馬英九訪問日本一改在臺灣強硬的態度，媚日媚到“哈巴”的地步，但到了報紙、電視和“名嘴”的評論裏，馬啥都沒有說過，仍然是堅定的反日英雄……

馬剛說過不會靜坐倒扁，轉眼又參加靜坐倒扁，剛說完’有條件批准靜坐’，又表示自己’支援倒扁但不介入’。到了人山人海的時候，他又身披雨衣，搶坐在施明德和宋楚瑜中間搶鏡頭。民進黨指馬英九奪權，馬又慌忙辯護’絕無奪權之意’……

總之，馬的一切首鼠兩端都不足掛齒，馬的一切成事不足、敗事有餘都情有可原。

圓滑世故、無所作為、投機取巧，又是“愛惜羽毛”、“不沾鍋”、“好人”、“馬夫子”……

總之，選民知道的是媒體、名嘴編織出來的馬英九神話，而不是馬英九本人，投票也投的是神話馬英九，而不是本尊馬英九。

一言蔽之，馬英九的人格、家世，不過袁紹的當代版，形象和智商，不過馬超的親兄弟。

先天秉賦、後天經歷，都不是“總統”的材料，只配當政治花瓶。

全部本事，只夠當個中學校長，而且是女子中學的校長。

馬英九就任“總統”之日，就是刮民黨噩夢的開始，也是臺灣噩夢的開始。

馬英九將不光玩完自己，也玩完“萬惡的”國民黨，只可遠觀，不可指望。

人們對馬英九充滿希望，但終會極其失望，因爲馬英九不可指望。